Carlos Antonio Morales

Cuentos de media tarde

Ápeiron Ediciones

2025

Carlos Antonio Morales

CUENTOS DE MEDIA TARDE

1.ª edición, 2025

© Del texto, Carlos Antonio Morales
© Ápeiron Ediciones

C/ Príncipe de Vergara, n.º 132, planta 9
28002 Madrid
Tfno. (+34) 611 00 28 41
E-mail: info@apeironediciones.com
http://www.apeironediciones.com/

Diseño y maquetación: Ápeiron Ediciones

Papel procedente de fuentes responsables

ISBN: 978-84-129660-2-2
Depósito legal: M-468-2025

ÍNDICE

LA BAILARINA

En un pequeño y sombrío apartamento, Francisco pasaba sus días libres de una manera metódica. Era un tipo normal, soltero, algo tímido y con una vida social limitada. Su rutina consistía en observar el mundo desde la ventana de su sala, la cual daba a una calle desolada. Los días de invierno eran especialmente fríos, y el paisaje exterior, cubierto por un manto de nieve, parecía congelar incluso el aire que respiraba. La monotonía de su vida estaba marcada por este panorama invernal, que, aunque parecía inmutable, ofrecía una especie de refugio en su predecible regularidad.

Cada mañana, Francisco se levantaba a la misma hora, preparaba una taza de café y se sentaba en su sillón, que había visto mejores días, pero que aún conservaba una comodidad reconfortante. Desde allí, sus ojos recorrían el paisaje gélido, observando cómo los copos de nieve caían lentamente y se acumulaban en la acera. Las pocas personas que se aventuraban a salir se movían rápidamente, envueltas en abrigos gruesos, como sombras fugaces en la blancura interminable.

En las noches, el apartamento se llenaba de un silencio profundo, interrumpido solo por el ocasional crujido de los tubos de calefacción o el distante ulular del viento. Francisco solía pasar el tiempo leyendo, escribiendo o simplemente mirando la televisión, pero siempre regresaba a la ventana para comprobar si había algo nuevo en la calle. Su mundo se había reducido a ese pequeño escenario nevado, un reflejo de su propia introspección y soledad. En esos momentos de contemplación, a veces se preguntaba si la calma aparente de su vida era en realidad una prisión disfrazada de tranquilidad.

Esa tarde, mientras el cielo gris continuaba su interminable llanto, algo inusual ocurrió. Un rayo de sol, tímido pero persistente, logró atravesar el espeso manto de nubes y se filtró a través de la ventana, tocando la piel de Francisco. Sentía cómo el calor del sol comenzaba a disipar el hielo que había acumulado en su corazón con el paso de los años. Era un calor familiar, pero que no había sentido en mucho tiempo.

De repente, una silueta desconocida apareció en el paisaje. Desde la tienda frente a su ventana, una figura llamativa se movía con gracia en medio de la lluvia. Era una mujer vestida con un brillante vestido azul, que contrastaba con la monotonía del día gris. Su cabello negro y crespo caía en cascada sobre su espalda, y sus ojos eran dos piedras de acuamarina que capturaban la luz de manera encantadora. A pesar del frío y la tormenta, ella parecía envolver la escena en un aura de calidez y misterio, como si su presencia hubiera traído consigo un halo de magia que transformaba la lluvia en destellos de luz. Cada paso que daba en el empapado pavimento resonaba con una melodía casi etérea, y sus movimientos eran tan fluidos que parecía desafiar las leyes del tiempo y el espacio. Los transeúntes pasaban sin notar el fenómeno, inmersos en sus propios pensamientos, pero ella, con su elegancia y serenidad, era el único punto de enfoque en aquel cuadro grisáceo. La mujer avanzaba con determinación hacia un destino desconocido, y la intriga de su presencia llenaba el aire con una sensación palpable de anticipación.

La mujer parecía sumergida en un acto de pura felicidad, bailando y cantando entre los párrafos de la historia de Heracles que Francisco, en un intento vano de distracción, había intentado leer varias veces. Ella era una presencia vibrante en medio de la desolación, y Francisco se sentía de alguna manera conectado con ella. A pesar de no conocerla, sentía como si ella ya fuera parte de su vida, como si fuera su amada desconocida.

El calor de la chimenea, junto con una botella de vino y un trozo de chocolate suizo, crearon el ambiente perfecto en su apartamento para disfrutar de la fantasía que su mente había construido. Mientras el vino se deslizaba por su garganta y el aroma del chocolate llenaba el aire, Francisco se entregó a la ilusión de que la mujer del vestido azul estaba allí con él, compartiendo el calor de su hogar.

En su mente, ella danzaba desnuda, borracha de felicidad, y sus pechos eran el centro de atención en el escenario de sus pensamientos. Cada movimiento que hacía estaba impregnado de una sensualidad exuberante, y la luz dorada que la rodeaba acentuaba cada curva de su cuerpo, realzando la belleza de su desnudez. Francisco, emocionado y desbordado por el momento, comenzó a desnudarse lentamente, sintiendo cómo el deseo y la excitación se apoderaban de él con una intensidad abrumadora. A medida que sus ropas caían al suelo, cada prenda parecía despojarlo de sus inhibiciones, dejándolo vulnerable y ansioso por el contacto de su mente con la de ella. Ella, en su fantasía, continuaba su danza con una gracia hipnótica, sonriendo con seducción mientras sus movimientos se volvían cada vez más fluidos y provocativos. La atmósfera cargada de deseo se hacía palpable, y él, embriagado por el vino y el humo que se entrelazaban en el aire, sentía cómo la conexión entre ambos se intensificaba en un escenario completamente imaginado. El mundo real parecía desvanecerse, y todo lo que existía era el calor de su visión compartida y la promesa de un encuentro perfecto en el reino de sus deseos.

Sin embargo, el sueño se vio interrumpido por el persistente sonido del teléfono, un timbre que cortaba el aire como un cuchillo afilado. Francisco, aún envuelto en la atmósfera de su ilusión, se levantó con una pereza que contrastaba con la urgencia del llamado. Con un suspiro resignado, se dirigió hacia el aparato, sus pies descalzos sobre el suelo frío y áspero. El vidrio de la ventana estaba empañado por la mezcla de su sudor y la fría humedad del día, formando un vaho que distorsionaba el paisaje exterior en un mosaico borroso. La botella de vino, antes símbolo de calidez y celebración, y el fuego de la chimenea, que proporcionaba una luz acogedora y una sensación de seguridad, parecían haberse desvanecido en un segundo plano etéreo. Ahora, la atmósfera estaba cargada de una realidad implacable que se imponía sobre los ecos de su sueño.

Al volver a mirar por la ventana, la mujer del vestido azul seguía allí, atendiendo la tienda del frente con la misma dedicación que antes. El sol había desaparecido y la lluvia continuaba su curso. Francisco se dio cuenta de que el momento de fantasía había terminado y que ella era solo una presencia lejana en su vida, una figura que había sido suya solo por un breve y cálido instante.

El teléfono seguía sonando insistentemente, cada timbre un golpe que resonaba en la habitación, transformándose en una molestia más en un día ya cargado de incomodidad. Francisco, con una sensación de vacío que parecía engullirlo por completo, se vio obligado a abandonar el frágil refugio de sus pensamientos. Su mente, que había estado inmersa en un hechizo nostálgico, regresó abruptamente a la realidad. El frío, que antes había sido un leve susurro, se volvió implacable, envolviendo cada rincón de su apartamento con su presencia gélida. A través de la ventana, el paisaje invernal se desplegaba en toda su desoladora majestuosidad, cubriendo las calles y edificios con una capa uniforme de nieve y hielo. La visión de la mujer del vestido azul, que había sido un destello de calidez en su mundo interior, se desvaneció lentamente, transformándose en una mera imagen del pasado. Era un recuerdo efímero, un espejismo que se desmoronaba bajo la cruda realidad del frío y grisáceo presente que ahora lo rodeaba. La distancia entre el recuerdo y la realidad era tan palpable que casi podía tocarse, y Francisco se dio cuenta de que el tiempo y la memoria habían borrado el encanto de aquella visión, dejándolo únicamente con la fría soledad del momento presente.

AMANDA DESDE EL INFIERNO

Había pasado un año desde la muerte de Amanda, pero para Andrés, su viudo, el tiempo parecía haberse detenido en el día de su partida. Aquella mañana, una sensación pesada en el pecho lo había despertado. Algo en el aire había cambiado, como si una presencia oscura y fría se hubiese asentado en su hogar. Amanda había muerto de forma repentina, dejándolo sumido en un abismo de dolor y culpa. Era una muerte injusta, de esas que parecen arrastrar consigo la vida de los que quedan.

La casa que alguna vez había compartido con Amanda se tornaba cada vez más inhóspita, como si las paredes mismas comenzaran a cerrarse alrededor de él. Lo que antes era un hogar lleno de risas, de tardes compartidas y de un amor que parecía inquebrantable, ahora era un lugar de sombras y susurros, donde el eco de su ausencia resonaba en cada rincón. El jardín, que Amanda había cuidado con tanto esmero, estaba descuidado, las flores marchitas, y el aire enrarecido, como si el pasado aún se aferrara con fuerza a cada objeto. Andrés intentaba seguir con su vida, pero cada vez que miraba el anillo de matrimonio en su dedo, sentía el peso abrumador de Amanda, como si su esencia aún lo rodeara, como un fantasma que no se desvanecía. Los recuerdos de los momentos felices se mezclaban con el dolor de su partida, creando una sensación de pérdida que lo paralizaba. Sabía que debía seguir adelante, que la vida continuaba, pero cada paso que daba lo alejaba un poco más de lo que alguna vez fue su mundo, y esa distancia lo hacía sentir aún más solo. Con el paso de los días, había conocido a una mujer llamada Isabel, cuya presencia fue como un rayo de luz en medio de la oscuridad que lo envolvía.

Al principio, sus conversaciones eran breves y casuales, pero poco a poco fueron descubriendo en el otro un espacio seguro donde podían compartir sus pensamientos más profundos. Isabel, con su risa suave y su manera de ver la vida, comenzó a devolverle esa chispa de alegría que él creía perdida para siempre. Su compañía no solo aliviaba sus penas, sino que también despertaba en él emociones que hacía tiempo no sentía. Cada vez que estaban juntos, él se daba cuenta de que la tristeza que lo había consumido durante tanto tiempo empezaba a desvanecerse, como si Isabel tuviera el poder de sanar las heridas que el tiempo no había logrado curar.

El primer indicio de que algo iba mal ocurrió la noche en que Isabel decidió quedarse en la casa, una decisión que en ese momento parecía tan trivial como rutinaria. Durante la cena, mientras el silencio llenaba los espacios entre las conversaciones ocasionales, la temperatura en la habitación descendió de manera abrupta, como si un viento helado hubiera entrado sin previo aviso. Las velas sobre la mesa, hasta entonces tranquilas, comenzaron a parpadear, sus llamas temblando como si una mano invisible intentara apagarlas. Al mismo tiempo, las luces de la cocina titilaron nerviosamente antes de apagarse por completo, sumiendo la estancia en una penumbra inquietante. Isabel, intentando restarle importancia a lo que parecía una simple falla eléctrica, hizo una broma forzada sobre lo extraño de la situación. Pero a pesar de sus palabras ligeras, algo en la atmósfera había cambiado. Andrés lo sintió de inmediato. Era como si el aire se hubiera vuelto más denso, como si una presencia oscura y pesada hubiera llenado la sala, opresiva, imposible de ignorar. No era solo una falla en el sistema eléctrico o una corriente de aire fría: era algo mucho más profundo, algo que ambos, aunque no lo expresaron en voz alta, sabían que estaba ahí, observándolos desde las sombras.

Esa noche, Andrés soñó con Amanda por primera vez desde su muerte. Estaba de pie en la puerta de la habitación, envuelta en sombras, pero con sus ojos fijos en él. "No me olvides", le susurró con una voz que parecía provenir de las paredes mismas. Se despertó jadeando, con el sudor frío empapando su cuerpo.

A medida que los días pasaban, los sueños se volvían más intensos. Amanda aparecía cada vez más cerca, su rostro distorsionado por el sufrimiento. "Prometiste amarme para siempre", le decía con un tono acusatorio, mientras sus manos delgadas y pálidas lo alcanzaban en la oscuridad. Andrés despertaba con moretones inexplicables en su cuerpo, y el frío en la casa era constante, como si el aire mismo se resistiera a moverse.

Isabel también comenzó a notar cosas extrañas. Al principio, eran pequeños detalles que intentaba ignorar: las puertas que se cerraban solas con un suave pero inquietante clic, las ventanas que se abrían en medio de la noche dejando entrar una brisa helada que erizaba su piel. Sin embargo, lo más perturbador eran las fotos de Amanda que Andrés aún guardaba; parecían moverse de lugar por sí solas. A veces, aparecían en habitaciones donde Isabel estaba segura de no haberlas visto antes. Intentó convencerse de que todo tenía una explicación lógica, que tal vez Andrés las había cambiado de sitio sin darse cuenta. Pero cada noche, la sensación de una presencia invisible se volvía más intensa. Había momentos en los que, acostada en la cama, sentía una mirada fija en ella, una sombra silenciosa que acechaba desde algún rincón oscuro de la habitación. Cuando se lo comentó a Andrés, él decidió deshacerse de las fotos de Amanda, con la esperanza de que eso apaciguara la creciente tensión en la casa.

Pero las cosas solo empeoraron. Una noche, Isabel fue despertada por un sonido aterrador, como si alguien arañara las paredes desde el interior de la casa, un ruido profundo y desesperado que se repetía en un patrón inquietante. Su corazón se aceleró, pero no pudo quedarse quieta. Se levantó, sintiendo el frío del suelo bajo sus pies descalzos, y comenzó a caminar por el largo pasillo oscuro. La casa parecía más grande y opresiva en la penumbra, con cada sombra jugando en su mente como si estuviera viva. De repente, al llegar al final del pasillo, notó una figura encorvada, agazapada en una esquina, con largos cabellos negros cubriéndole el rostro, que caían como un velo pesado y húmedo. El aire se volvió denso, casi irrespirable, mientras Isabel intentaba entender lo que veía.

La figura, en un movimiento lento y casi antinatural, empezó a incorporarse, dejando al descubierto una silueta delgada y retorcida, como si sus huesos no estuvieran en su lugar. Con pasos lentos pero firmes, la figura comenzó a avanzar hacia ella, cada paso resonando en el suelo de madera, acompañado por un susurro extraño, como si viniera de otro mundo. Isabel sintió que sus piernas se paralizaban, el pánico la invadía y su mente le gritaba que corriera, pero su cuerpo no respondía. Cuando finalmente logró soltar un grito, fue como si rompiera un hechizo: la figura, en un parpadeo, se desvaneció en el aire, sin dejar rastro, como si nunca hubiera existido. El pasillo quedó en silencio, pero Isabel sabía que algo estaba profundamente mal, que aquello que había visto no era producto de su imaginación. El miedo la invadió, mucho más real que nunca antes, porque ahora sentía que ya no estaba sola en su propia casa.

Andrés intentó razonar con Amanda en sus sueños, esos sueños que se habían convertido en su único refugio para hablar con ella, para enfrentar el peso insoportable de su culpa. Sabía, en lo más profundo de su ser, que era responsable de la muerte de Amanda, aunque jamás imaginó que aquella práctica sexual que compartían, un juego de confianza y pasión, acabaría con la vida de la mujer que tanto amaba. No fue premeditado, pero la línea entre el placer y el peligro se había desdibujado trágicamente. Ahora, en sus sueños, Amanda aparecía frente a él, etérea, intangible, pero tan real que dolía. "Déjame ir", le suplicaba Andrés con lágrimas en los ojos, su voz quebrada por la desesperación. "No quiero olvidarte, pero necesito vivir, necesito seguir adelante." Sin embargo, Amanda permanecía inmóvil, su mirada vacía, esos ojos que alguna vez habían brillado de amor, ahora eran pozos oscuros de indiferencia o, tal vez, de dolor. Parecía que ni siquiera podía sentirlo, como si su esencia ya no perteneciera a este mundo. "Prometiste amarme para siempre", susurraba ella, con esa voz que resonaba en cada rincón de la mente de Andrés, atormentándolo. Era una promesa que había roto, una traición que no podía redimir, y aunque quisiera seguir adelante, cada vez que cerraba los ojos, Amanda lo reclamaba desde el abismo del recuerdo.

El clímax llegó una noche de tormenta implacable, con los relámpagos iluminando fugazmente el cielo oscuro y el viento azotando las ventanas como si quisiera entrar. Andrés e Isabel, presos del pánico, decidieron finalmente abandonar la casa que durante semanas les había hecho sentir que algo siniestro acechaba. Mientras empacaban apresuradamente sus pertenencias, la tensión en el aire se hizo insoportable. De repente, las puertas comenzaron a cerrarse violentamente una tras otra, como si una fuerza invisible las controlara. Los espejos, que hasta entonces habían sido simples reflejos, se quebraron en mil pedazos, llenando el aire con el sonido cortante del vidrio estallando. Un eco de risa macabra y perturbadora resonó en todas las habitaciones, envolviéndolos en un miedo paralizante. Isabel, con los ojos llenos de terror, tomó a Andrés por el brazo y gritó desesperada: "¡Ella no te dejará ir!" Mientras luchaba frenéticamente por abrir la puerta principal, sus manos temblorosas no podían encontrar el agarre adecuado. Parecía como si la casa misma se hubiera convertido en una prisión viva, alimentándose de su angustia.

Finalmente lograron salir, pero el horror no había terminado. Mientras se alejaban en el auto, una sombra oscura apareció en el retrovisor. Era Amanda, flotando en medio de la carretera, con su rostro lleno de ira. Andrés pisó el acelerador, pero la imagen de Amanda seguía persiguiéndolos.

Esa misma noche, Andrés tomó una decisión. Sabía que Amanda nunca lo dejaría en paz, que su amor había sido transformado en una posesión oscura que no permitiría que él siguiera adelante. Con el corazón destrozado, se dirigió al cementerio donde Amanda estaba enterrada. Llevó consigo las pocas pertenencias que aún le recordaban a ella: el anillo de bodas, una fotografía de ambos, y una carta que nunca había leído, la última que Amanda había escrito antes de morir.

En el silencio del cementerio, Andrés abrió la carta y, con manos temblorosas, comenzó a leer:

_ "Querido Andrés, Sé que mi tiempo está llegando a su fin, y hay algo que debo confesarte. Mi amor por ti ha sido tan grande que, incluso en la muerte, no podré dejarte ir. Pero si alguna vez intentas rehacer tu vida, si otra mujer se atreve a tomar mi lugar... te seguiré, desde donde sea que esté. No podrás librarte de mí. Siempre estaré contigo, incluso cuando no me veas. Te amo, Amanda."

Con lágrimas en los ojos, Andrés encendió el fuego con mano temblorosa, viendo cómo la llama devoraba la carta que tantas veces había leído en la soledad de la noche. Junto a ella, el anillo, que antes había sido un símbolo de promesas compartidas y sueños comunes, y la foto, capturada en un instante de felicidad ahora distante, se disolvieron en cenizas. A medida que los restos ardientes se elevaban en el viento, una ráfaga fría recorrió el lugar, como si la misma noche estuviera respirando el dolor que Andrés intentaba dejar atrás. Sentado en el suelo, con la mirada fija en las llamas que se extinguían, Andrés sintió, por primera vez en mucho tiempo, que la presión sobre su pecho se aligeraba, como si el peso de la pérdida estuviera siendo arrastrado por el viento.

Esa noche, Amanda no apareció en sus sueños. Era como si su presencia se hubiera disuelto en las cenizas, dejando a Andrés en un estado de tranquilidad inquietante. Sin embargo, el frío en la casa nunca desapareció del todo. Era un frío persistente, que parecía absorber el calor de cada rincón y que envolvía cada pensamiento con una sensación de vacío. Andrés sabía que, aunque invisible, Amanda siempre estaría allí, vigilando, como una sombra etérea que observaba desde el límite entre el pasado y el presente, recordándole que algunas presencias nunca se desvanecen por completo.

REENCARNACIÓN

Sabía muy bien que pronto su tiempo acabaría. Su vida estaba destinada a ser solamente un episodio insignificante comparado con los millones de años que el mundo llevaba girando alrededor del sol. Sin embargo, quería aprovechar al máximo su paso por este planeta.

Desde que nació en una fría casa del sur, siempre sintió una necesidad imperiosa de volar hasta las Canarias, donde había vivido su vida anterior como un destacado surfista. Recordaba con claridad las olas gigantes y el viento en su rostro mientras deslizaba su tabla sobre las aguas cristalinas. Tenía muy claro que esta vida era un castigo por todo lo hecho en esa vida anterior. De una u otra forma, debía pagar por el crimen por el que no fue juzgado ni sentenciado.

Era ya casi hora del ocaso, y debía buscar algo de comida y un lugar que lo albergara, puesto que esa noche habían pronosticado lluvia, la "mata pajaritos", como la llamaban. El cielo se había oscurecido y el aire se llenaba de un sutil olor a tormenta.

Mientras caminaba con paso decidido, sus ojos se posaron en una pequeña casa solitaria entre los árboles del bosque de alerces. La cabaña parecía ofrecer un refugio temporal y, quizás, un poco de sustento. El bosque de alerces se extendía a su alrededor como un abrazo protector, ocultando la casa del resto del mundo.

Se acercó con cautela, el suelo crujía bajo sus patas. La casa de Óscar, un hombre solitario y algo cascarrabias, se alzaba en medio de la nada. Óscar era un viejo de campo, casi tan pobre como la familia que lo había recibido en la fría casa del sur, y vivía en total aislamiento entre la vegetación exuberante del bosque.

Sin pensarlo dos veces, el visitante entró en la casa sin siquiera pedir permiso. El interior era modesto pero acogedor, con muebles de madera y una cocina que emanaba un aroma a comida casera. Sobre la mesa había un plato de carne, aún humeante. La necesidad de alimentarse era más fuerte que cualquier otro pensamiento, así que se acercó y comenzó a comer con frenesí.

Óscar, el dueño de la casa, observaba la escena con una mezcla de sorpresa e indignación. Era un hombre de pocas palabras y menos paciencia, y ver a aquel intruso comiendo sin permiso lo enfureció. Sin embargo, mantuvo el silencio, quizás por la sorpresa o por una especie de resignación. En lugar de protestar, se limitó a mirar con desdén.

El visitante, saciado y envalentonado, se acomodó sobre la mesa como si fuera el legítimo dueño de la casa. Se estiró y extendió sus patas sobre la mesa, disfrutando del breve momento de confort antes de tener que enfrentarse a la tormenta.

Fue entonces cuando Óscar, con una determinación fría y precisa, tomó un diario del día anterior que descansaba sobre una silla. Sin un atisbo de emoción, levantó el periódico y, con un solo golpe, acabó con la vida del intruso. La imagen fue tan repentina que el visitante apenas tuvo tiempo de reaccionar.

Mientras se desvanecía, lo último que alcanzó a escuchar fueron las palabras de Óscar, murmuradas con desdén: "Moscas asquerosas, ¿qué animal inmundo trajo Dios a este mundo?"

El visitante, ahora convertido en un recuerdo fugaz, dejó atrás la pequeña casa y el bosque de alerces, y mientras su existencia se desvanecía, el crepúsculo envolvía el paisaje en una manta de sombras. La tormenta llegó como se había pronosticado, y el viejo Óscar, después de un largo día, volvió a su rutina silenciosa, sin preocuparse por los visitantes inesperados ni por los recuerdos fugaces que la vida, en su inmensa extensión, dejaba en su camino.

EL REGRESO

Era una noche como cualquier otra, una noche que prometía ser eterna en su rutina. El club estaba nuevamente abarrotado, como solía ser. Las luces, apenas capaces de perforar la penumbra, revelaban solo sombras que se movían al ritmo de una música que parecía tan inmortal como el propio club. El calor de los cuerpos, cálido y acogedor, contrastaba con el frío gélido que reinaba en las calles afuera.

En la barra, un hombre se aferraba a su daiquiri. Su mirada, fija en un horizonte compuesto únicamente por siluetas danzantes, parecía perderse en un mar de nostalgia y recuerdos. Habían pasado décadas desde que él había pisado por primera vez este suelo, pero para él, el tiempo parecía haber detenido su curso. El club seguía siendo el mismo, aunque con luces y efectos más modernos, y la música que llenaba el aire había cambiado poco, solo se había mantenido constante el eco de las noches de jueves.

Los compañeros de fiesta de antaño ya no estaban. Aquellos días en que la pista de baile era un escenario de coreografías de Samantha Fox y seducciones al ritmo de Paula Abdul quedaban ahora en el pasado, como una película que ya no podía volver a proyectarse. Sin embargo, el hombre, ahora un poco mayor pero con un espíritu rebelde que no había envejecido, seguía sintiendo la misma energía que lo había atraído a este lugar por primera vez.

Terminó su daiquiri y decidió subir al segundo piso, al área VIP que había ganado por derecho propio con el paso del tiempo. La zona estaba más llena de lo que había anticipado, y la música de Stereolab ofrecía un contraste refrescante con el bullicio del piso inferior, donde Don Omar mantenía a la multitud enérgica con sus ritmos contagiosos. La iluminación suave y las mesas elegantes del área VIP creaban un ambiente sofisticado, un refugio del caos que reinaba abajo. Sin embargo, mientras observaba a los invitados disfrutando de la noche con una distancia calculada, no podía evitar que una parte de él anhelara aquellos viejos tiempos de baile sin preocupaciones y romance despreocupado. En aquellos días, el aire se llenaba de promesas y el ritmo de la música parecía marcar el pulso de sus emociones. Mirar ahora desde su rincón exclusivo, con las sombras de su pasado desdibujándose en la distancia, le recordaba cuánto había cambiado y cuánto deseaba volver a sentirse tan vivo como lo había hecho entonces.

En la barra del VIP, dos figuras le eran vagamente familiares. Eran como fragmentos de un sueño antiguo, transformados por el tiempo. Uno de ellos era el antiguo capitán del equipo de fútbol de la universidad, ahora transformado y travestido, su presencia evocando recuerdos de una era pasada. En su rostro se leían las marcas de una vida vivida intensamente, con una elegancia y un porte que, aunque diferentes de aquellos días de gloria en el campo de juego, aún mantenían una huella de su antigua magnificencia. La forma en que se movía, con una gracia inesperada, parecía contar historias de resistencia y reinvención.

Al lado de él estaba Ernesto, un amor profundo de su juventud, su primer hombre. Los años habían dejado su huella en Ernesto, quien ya no poseía el cuerpo tonificado de antes, pero su mirada seguía siendo inconfundible. Había un brillo en sus ojos que reflejaba tanto nostalgia como sabiduría, una intensidad que había resistido el paso del tiempo. Aunque su cabello ya estaba salpicado de canas y su rostro mostraba las marcas de la experiencia, su sonrisa aún evocaba la misma calidez que había marcado sus años juntos. La conexión entre ellos, aunque cambiada por el tiempo, parecía fluir con la misma fuerza que en sus días de juventud, como un eco persistente de un amor que había desafiado las circunstancias.

Cuando sus ojos se encontraron, un destello de reconocimiento y emoción cruzó entre ellos, como un rayo fugaz que ilumina una noche estrellada. La distancia que los había separado durante tanto tiempo parecía desvanecerse en ese instante, y la conexión instantánea llenó el aire de una energía palpable. Sonrieron, sus rostros iluminados por una mezcla de gratitud y melancolía, como si cada uno estuviera viendo en el otro un reflejo de su propio pasado.

El hombre hizo un gesto con la mano, un movimiento simple pero cargado de significado, y Ernesto levantó su copa en un saludo silencioso, como si el tiempo nunca hubiera pasado y los años de separación no hubieran dejado huella. El corazón del hombre latía con fuerza, un tambor de emoción y expectativa, mientras avanzaba hacia los viejos amigos. Cada paso que daba hacia ellos resonaba como un eco de recuerdos y anhelos, cada movimiento una evocación de momentos compartidos que habían quedado grabados en la memoria.

Cuando finalmente se encontraron, el abrazo que siguió fue intenso, cargado con la calidez de un reencuentro esperado y deseado. Los cuerpos se fundieron en una mezcla de fuerza y ternura, como si intentaran compensar todo el tiempo perdido en un solo abrazo. Las palabras no eran necesarias; el silencio entre ellos hablaba de historias no contadas, de experiencias vividas, y de un entendimiento mutuo que había sobrevivido al paso del tiempo. En ese instante, la realidad parecía suspendida, y el reencuentro se convirtió en un hermoso y emotivo símbolo de la amistad que había perdurado a pesar de las distancias y las adversidades.

El abrazo entre ellos fue un momento suspendido en el tiempo, un lazo que unió los fragmentos dispersos de sus vidas. Mientras se deshacían del contacto, las palabras fluían con la misma naturalidad que antes, aunque ahora eran tintadas de una realidad distinta. Ernesto, con su cabello ahora más canoso y su cuerpo menos atlético, compartió historias de su vida reciente. Había abandonado su carrera inicial en el deporte para dedicarse al arte y a la enseñanza, una pasión que lo había llevado a recorrer países y a descubrir nuevas facetas de sí mismo. El hombre, por su parte, reveló cómo su vida se había desviado hacia el mundo empresarial, con una serie de éxitos y fracasos que habían dejado una huella profunda en su carácter. En ese pequeño rincón del VIP, rodeados por el bullicio del club y la música que seguía fluyendo, ambos encontraron consuelo en la certeza de que, aunque sus vidas habían cambiado y evolucionado de formas inesperadas, el recuerdo de su pasado compartido y la amistad genuina seguían intactos. El club, con su vibrante energía y atmósfera de nostalgia, se convirtió en el escenario perfecto para celebrar no solo el reencuentro, sino también el viaje que cada uno había recorrido para llegar hasta allí.

A medida que las luces del club parpadeaban y la música envolvía el aire con su ritmo constante, el hombre y Ernesto se encontraron en un rincón tranquilo del VIP, alejados del bullicio que aún resonaba en el resto del lugar. La conversación había tocado un punto sensible, un tema profundo que había estado latente en ambos durante años. El hombre había confesado su amor inquebrantable, un sentimiento que había perdurado a pesar de los años y las distancias. Ernesto, al escuchar estas palabras, no pudo evitar un suspiro de nostalgia. Los años de separación y los caminos divergentes habían creado un espacio en sus corazones que, aunque lleno de recuerdos y añoranza, también estaba marcado por la realidad de sus vidas actuales.

En ese momento, en la penumbra de su rincón reservado, una tensión palpable se instaló entre ellos. Los rostros de Ernesto y el hombre estaban iluminados por una suave luz que acentuaba la intensidad del instante. Sin palabras adicionales, sus miradas se encontraron, reflejando una mezcla de emociones que iban desde el deseo hasta la resignación. Finalmente, sin romper el contacto visual, el hombre inclinó su rostro hacia el de Ernesto. Era un movimiento lleno de una expectativa silenciosa, una invitación implícita a explorar la última chispa de un amor que había sido tan significativo. Ernesto, con el corazón acelerado, correspondió al gesto, acercando sus labios con una lentitud que parecía desafiar el tiempo.

El beso que siguió fue profundo y cargado de significado. No era un simple roce de labios, sino una comunión de sentimientos, una síntesis de todas las emociones que habían acumulado a lo largo de los años. Era un beso que hablaba de amor eterno, de dolor por el tiempo perdido, y de una esperanza que tal vez, en un universo paralelo, las cosas podrían haber sido diferentes.

Cuando finalmente se separaron, el silencio que siguió estaba lleno de un peso indescriptible. El hombre y Ernesto se miraron, sus ojos aun reflejando la complejidad de sus sentimientos. No había necesidad de palabras para expresar lo que ambos sabían: ese beso había sido un acto de cierre o de reencuentro, de despedida o de nuevo comienzo, dependiendo del prisma a través del cual se lo mirara. Con una última sonrisa melancólica, se abrazaron una vez más, sabiendo que la noche que había reunido sus caminos podría ser también el final de un capítulo. La promesa de una nueva etapa en sus vidas se mezclaba con el dolor de la separación, pero ambos entendieron que su historia, aunque no terminaba en un "vivieron felices para siempre", había sido una parte significativa de sus vidas.

Cuando el hombre finalmente se despidió, su corazón estaba lleno de una mezcla de tristeza y gratitud. Había sido una noche de recuerdos y revelaciones, de reencuentros y despedidas. El club, con su bullicio y su música, seguía adelante, mientras él se alejaba, dejando atrás el calor de los cuerpos y el eco de un amor que, aunque quizás no podría ser revivido, siempre permanecerá en sus corazones como un recuerdo hermoso y eterno.

14 DE JULIO

Era la noche del 14 de julio en París, y la ciudad vibraba
con el ritmo frenético de la fiesta. Las calles estaban llenas
de luces brillantes y fuegos artificiales que iluminaban el cielo
nocturno, y la gente se movía en un torbellino de alegría y
celebración. Sin embargo, para él, el ambiente festivo parecía
una burla cruel. Aquel hombre, con su corazón destrozado,
caminaba entre la multitud, sintiendo la sangre caliente recorrer su cuerpo y su corazón latir más rápido que nunca.

Habían pasado tres meses desde que había abandonado la
casa que compartía con Laura, una casa que había sido su refugio durante dieciséis años. La ruptura, tan dolorosa como
inesperada, lo había dejado en pedazos, y su mente se había
convertido en un campo de batalla constante entre el descon-
suelo y la desesperación. Aunque la separación había ocurrido
hace un tiempo, el dolor seguía fresco, como una herida abier-
ta que no sanaba.

Durante los últimos días, su vida había tomado un giro
sombrío. Llevaba tres días sin comer, y la fatiga se había convertido en una sombra constante que acentuaba su malestar.
Los mareos y dolores de cabeza eran tan intensos que sentía
como si su mente estuviera al borde de estallar. La necesidad
de escapar de todo le atormentaba, y la idea de un mundo más
allá de la materia, donde no necesitara comida ni zapatos, se
había convertido en una obsesión. Pensaba a diario en los días
que faltaban para alcanzar ese anhelo, deseando desesperadamente que la liberación llegara pronto.

Caminaba entre la multitud con una determinación casi
frenética. A medida que avanzaba, la gente se abría a su
paso, no por respeto, sino por su aspecto desaseado y el olor

nauseabundo que desprendía. Sentía una mezcla de irritación y tristeza al darse cuenta de que su presencia era una especie de mancha en la festividad, una que no encajaba en el bullicio alegre que lo rodeaba. Sin embargo, a pesar de la distancia física que mantenían, sentía el calor de las respiraciones de las personas que pasaban cerca de él, como si cada aliento fuera un recordatorio de su propia alienación.

La multitud se hacía más densa a medida que se acercaba al parque, y el hombre se sentía atrapado en una mar de rostros indiferentes y cuerpos que se movían sin cesar. La sensación de asco y rabia se intensificaba, y el deseo de vomitar su sufrimiento al mundo entero era casi insoportable. Todo le parecía una traición a su dolor, como si la alegría que lo rodeaba fuera un cruel recordatorio de lo que había perdido.

Finalmente, llegó al borde del parque, donde la multitud era menos densa pero igualmente inmensa. La visión de la gran explanada adornada con luces y colores solo amplificó su sentimiento de desconexión. Se detuvo en el borde, observando a los demás disfrutar del espectáculo, y sintió una profunda desesperación.

En ese momento, una pequeña figura se acercó a él. Era una niña con una cara iluminada por la curiosidad, que lo miraba con unos ojos grandes y llenos de asombro. Sin decir una palabra, le ofreció una flor que había recogido del suelo. La flor, pequeña y sencilla, era un contraste marcado con el tumulto que lo rodeaba.

El hombre, sorprendido por el gesto, tomó la flor con manos temblorosas. Algo en la pureza de aquel acto de bondad le conmovió profundamente. Su dolor no desapareció, pero la flor representaba un destello de humanidad en medio de su tormento. Se agachó y miró a la niña a los ojos, y en ese momento, sintió una pequeña chispa de esperanza.

A medida que el espectáculo de fuegos artificiales comenzaba en el parque, el hombre se quedó allí, con la flor en la mano, observando el cielo iluminado con colores brillantes. Aunque su corazón seguía roto y su mente estaba llena de dolor, la presencia de la niña y el simple gesto de la flor le recordaron que, incluso en los momentos más oscuros, aún podía haber belleza y compasión. La noche continuó, y el hombre comenzó a caminar de nuevo, pero esta vez con un ligero cambio en su paso, como si la pequeña flor le hubiera dado un propósito renovado, una chispa de esperanza en medio de la oscuridad.

EL CABALLO Y EL ÁNGEL MORENO: UN RELATO DE TRANSFORMACIÓN

En un día radiante de verano, los remolinos de fuego giraban sin cesar sobre la faz de la tierra, danzando en una sinfonía ardiente que solo el calor de dos soles podría haber generado. El campo verde se convertía en un lienzo vibrante, donde el viento tibio pintaba sus propias ilusiones de verano. Desde su tranquila butaca en medio del campo, el caballo observaba fascinado aquel espectáculo celestial.

Era un caballo majestuoso, de pelaje brillante y mirada soñadora. Su corazón, lleno de imaginación, palpitaba con cada remolino de fuego que se alzaba hacia el cielo. Con lápiz y papel en mano, comenzó a capturar la belleza de aquel fenómeno natural, transformando la visión en palabras que fluían como un río de inspiración. Su musa era el ángel moreno, el guardián de los elementos que danzaban en el cielo, quien le observaba con una sonrisa serena y alentadora.

El caballo leía y releía su creación literaria, cautivado por la magia de cada letra, cada frase que tejía el relato. Sin embargo, su fragilidad, producto de una vida de comodidades y mimos, amenazaba con frenar sus intenciones de presentar al mundo su obra maestra. El temor a la crítica y al rechazo se interponía entre él y su sueño de compartir su talento.

Finalmente, decidió mostrar su relato a sus compañeros de establo. Sus amigos de pezuña estaban boquiabiertos ante el talento revelado por el corcel. Asombrados por la profundidad y belleza de la obra, sus elogios eran sinceros y entusiastas. Las palabras de admiración se desbordaban, llenando el establo de una sensación de asombro y respeto por el prodigioso talento del caballo. Sin embargo, fuera del corral, la atmósfera era bien diferente. Los otros animales, movidos por la envidia y el temor de ser eclipsados por el nuevo talento, no podían tolerar el éxito del corcel. El miedo a perder su lugar en el estrellato, junto con el rencor hacia el éxito ajeno, se manifestaba en críticas mordaces y comentarios malintencionados. Con cada palabra de desdén, intentaban aplastar la joya literaria que el caballo había creado, tratando de silenciar el brillo de su obra maestra con la oscuridad de la envidia y la competencia desleal. Sus críticas, cargadas de celos y resentimiento, no podían ocultar el reconocimiento silencioso de que el corcel había logrado algo verdaderamente especial, algo que perturbaba el equilibrio del corral y desafiaba las nociones establecidas de talento y éxito entre los animales.

Sentía un profundo dolor, como si la creatividad, que antes fluía libremente en él, se viera reprimida por la hostilidad de sus compañeros. Decidió entonces escapar de la granja, en busca de un lugar donde su talento pudiera florecer sin restricciones. Con él partieron aquellos que creían en su capacidad, formándose una manada de fieles seguidores.

En su nuevo hogar, en el corazón del bosque, el ángel moreno continuaba siendo su guía y apoyo. La noche de enero llegó, y con ella, una gran oportunidad para el caballo. Reunió a sus seguidores bajo la luz de la luna, sobre el suave césped del bosque. Con emoción y un brillo de esperanza en sus ojos, compartió su corazón, confiando a sus amigos la tarea de encarnar a los personajes de su relato. Era un momento que había esperado durante mucho tiempo, una noche para que sus sueños se materializaran y sus esfuerzos dieran frutos.

Las rocas y troncos del bosque se transformaron en butacas; la luna y la fogata se convirtieron en luces resplandecientes; el canto de la lechuza se hizo música; y el bosque entero se convirtió en un majestuoso teatro. La luz de la luna se derramaba sobre el escenario natural, creando un ambiente mágico y envolvente, mientras que el crepitar de la fogata añadía un toque de calidez al aire fresco de la noche. Los árboles, con sus hojas susurrantes, parecían participar en el espectáculo, como si fueran cómplices de esta representación única.

El caballo, con los ojos llenos de asombro y un sentimiento de profunda satisfacción, observó cómo el público aplaudía con fervor su creación. Sus amigos, vestidos con trajes improvisados hechos de hojas y flores, interpretaron sus papeles con una pasión genuina, transportando a todos a un mundo de fantasía y emoción. La energía del bosque, con su atmósfera mágica y acogedora, parecía resonar con cada aplauso y ovación, celebrando la obra como un triunfo del espíritu creativo.

El caballo se sintió por fin completo y valorado, consciente de que su visión había cobrado vida de la manera más hermosa posible. La obra no solo había sido un éxito entre sus amigos y seguidores, sino que también había logrado unir a todos en una experiencia compartida, una celebración de la creatividad y la comunidad. Mientras el último eco de los aplausos se desvanecía en la noche, el caballo sabía que había encontrado su verdadero lugar en el corazón del bosque, rodeado de amigos y del arte que tanto amaba.

Esa noche, la celebración fue íntima y sincera, un reflejo de la profunda conexión entre sus protagonistas. El caballo, sus actores y el ángel moreno, unidos en un brindis, compartieron un momento de auténtica gratitud y júbilo. Cada uno de ellos había puesto su corazón y alma en el proyecto, y ahora podían saborear el fruto de su esfuerzo en un entorno tan mágico como el bosque iluminado por la luna. El suave resplandor lunar creaba un halo de misterio y serenidad, mientras el eco de sus risas y palabras de aliento se dispersaba en la noche, fusionándose con el murmullo del viento entre los árboles.

El caballo, con una mirada nostálgica, recordó sin rencor a aquellos que habían sido sus compañeros en la granja. Aunque su camino lo había llevado lejos de allí, llevaba en su memoria los momentos compartidos y las lecciones aprendidas. Sabía que su talento y valentía, junto con la fe y el apoyo de quienes creían en él, habían sido la chispa que encendió una transformación profunda, no solo en su vida, sino también en la de aquellos que se habían atrevido a soñar junto a él.

La velada continuó con conversaciones animadas, canciones improvisadas y un sentido de camaradería que fortalecía aún más los lazos entre ellos. En la calma de la noche estrellada, rodeados de un entorno natural que parecía celebrar con ellos, el caballo y su manada brindaron por el triunfo de la creatividad y la amistad. Cada brindis era una promesa de seguir persiguiendo sueños, de crear nuevas historias y de vivir en un futuro lleno de posibilidades. Las estrellas en el cielo parecían guiñarles, como si compartieran su entusiasmo y les auguraran un camino repleto de sueños realizados y momentos de felicidad.

LOS RECUERDOS

En el pequeño pueblo de San Pedro, donde el tiempo parecía haberse detenido, Guillermo recorría una y otra vez el mismo sendero en su mente, un sendero que había sido testigo de sus primeros pasos, de sus risas infantiles y de los juegos bajo el sol. El verano había llegado y, con él, la noticia que lo había llenado de una mezcla de emoción y nerviosismo: Juana, su amor de infancia, regresaría al pueblo después de muchos años.

Guillermo tenía 40 años y su vida había estado llena de giros inesperados. Había viajado por el mundo, conocido diferentes culturas y vivido diversas experiencias, pero el recuerdo de Juana siempre había sido un faro constante en su mente. En los días tranquilos, cuando se sentaba en su viejo sillón de madera, sus pensamientos solían regresar a aquellos días dorados de su niñez.

Juana y Guillermo se conocieron cuando ambos tenían solo siete años. Eran vecinos, y su amistad comenzó en el patio de la escuela, donde ambos compartían el gusto por los juegos al aire libre y la exploración de los secretos del bosque cercano. Recorrían juntos los caminos polvorientos, construían cabañas en los árboles y organizaban pícnics improvisados en los rincones más escondidos del campo. Los días de verano estaban llenos de aventuras, risas y promesas de que siempre estarían juntos.

A medida que pasaban los años, su vínculo se fortaleció, y sus escapadas al bosque se convirtieron en una parte esencial de su infancia. Cada rincón del lugar tenía un significado especial para ellos: el viejo roble donde habían esculpido sus iniciales, el arroyo donde solían pescar con sus cañas hechas a mano y el claro donde pasaban horas inventando historias de fantasía. Durante los largos meses de vacaciones, Juana y Guillermo se convertían en exploradores intrépidos, implacables en su búsqueda de nuevos tesoros y misterios. Incluso en los días lluviosos, cuando el barro cubría el suelo y el cielo estaba gris, se reunían en la casa de Juana o la de Guillermo, donde compartían libros y cuentos mientras el viento aullaba afuera. Sus tardes estaban llenas de juegos de mesa, dibujos y sueños compartidos de futuros lejanos. Se apoyaban mutuamente en sus pequeños desafíos, desde los primeros días de escuela hasta las pequeñas derrotas en sus deportes favoritos.

La amistad de Juana y Guillermo era como un jardín secreto, cuidado con esmero y lleno de los más bellos recuerdos. Las promesas que se hicieron en aquellos días soleados de su infancia permanecieron como un pacto silencioso, que los unía a lo largo del tiempo y la distancia, como un lazo indestructible que desafiaba las adversidades.

Un día, mientras jugaban al escondite en el bosque, Juana había encontrado un rincón especial, un pequeño claro rodeado de flores silvestres. Allí, con la inocencia de la niñez, habían hecho un pacto secreto: algún día, cuando fueran adultos, regresarían a ese claro y recordarían todos los momentos que habían compartido. Juana había hecho prometer a Guillermo que nunca olvidaría ese lugar ni a ella.

Pero el tiempo había pasado y las circunstancias de la vida habían llevado a Juana lejos del pueblo. Guillermo había seguido su vida, trabajando en el negocio familiar y eventualmente viajando por el mundo en busca de algo más. Aunque había mantenido contacto con Juana al principio, con el tiempo, sus cartas se volvieron menos frecuentes y sus encuentros más esporádicos. Sin embargo, el claro en el bosque siempre había estado presente en sus pensamientos, como un símbolo de algo que había sido profundamente significativo.

Ahora, al enterarse del regreso de Juana, Guillermo estaba decidido a revivir ese momento. Había planeado todo meticulosamente: los preparativos para el encuentro, el lugar donde se encontrarían y el camino hacia el claro que habían compartido en su niñez. Cada detalle era importante para él, y la anticipación lo mantenía en vilo.

El día del reencuentro llegó con un cielo despejado y una brisa ligera que movía las hojas de los árboles. Guillermo se vistió con cuidado, eligiendo una camisa blanca que le recordaba a aquellos veranos de su infancia. Caminó hacia el claro con el corazón acelerado, imaginando cómo sería ver a Juana después de tantos años.

A medida que se acercaba al claro, el corazón de Guillermo latía con fuerza. Recordó los días felices en los que había compartido ese lugar con Juana. El sol dorado iluminaba el bosque y el aroma de las flores silvestres llenaba el aire. Cuando llegó al claro, se detuvo en seco, con la vista fija en el lugar donde habían hecho su promesa.

Allí estaba ella, de pie en el centro del claro, como una aparición de sus recuerdos. Juana había cambiado, como él lo había hecho, pero había una familiaridad en su presencia que hizo que el tiempo se desvaneciera. Sus ojos, los mismos ojos que Guillermo recordaba, se encontraron con los suyos, y en ese momento, el pasado y el presente se fusionaron.

"Guillermo," dijo Juana, con una voz que aún conservaba la misma dulzura de antaño. Sus palabras eran como un susurro de la brisa que los rodeaba.

"Juana," respondió Guillermo, su voz temblando ligeramente. Se acercaron el uno al otro y se abrazaron, sintiendo el calor y la familiaridad de ese contacto después de tantos años.

Se sentaron en el suelo del claro, rodeados de flores silvestres y árboles frondosos. Conversaron durante horas, compartiendo historias sobre sus vidas, sus logros, y sus desafíos. Hablaban como si nunca se hubieran separado, y cada palabra parecía llenar los espacios vacíos que el tiempo había dejado entre ellos.

Guillermo le mostró a Juana el rincón especial donde habían enterrado una caja de recuerdos en su niñez. Juntos desenterraron la caja y encontraron dentro pequeños tesoros de su pasado: una moneda antigua, una foto de ellos dos, y una carta que habían escrito a sí mismos. La nostalgia y la emoción llenaron el aire mientras recordaban su promesa de nunca olvidar.

A medida que el sol comenzaba a ponerse, el claro se llenó de una suave luz dorada. Guillermo y Juana se miraron a los ojos, comprendiendo que, aunque sus vidas habían tomado caminos diferentes, el vínculo que habían compartido seguía intacto. Habían encontrado el reencuentro que habían anhelado durante tantos años, y era claro que el amor y la amistad que habían cultivado en su infancia no se habían desvanecido.

El tiempo pasó rápidamente en el claro, y cuando finalmente se levantaron para irse, ambos sabían que este encuentro era solo el comienzo de una nueva etapa en sus vidas.

Un pájaro negro cantó en ese momento muy cerca del oído de Guillermo, lo que hizo que este despertara de su estado al estar parado frente a ese lugar especial, esperando que todo lo imaginado, pudiera darse tal y como lo visualizó al llegar. Con el corazón lleno de expectativas, se sentó sobre el césped, donde no había más que el silencio del bosque.

Mientras esperaba, el sol se ocultaba lentamente y las sombras comenzaban a alargarse. Guillermo miraba el viejo roble, el arroyo y el claro, sintiendo una profunda melancolía. Las promesas que alguna vez hicieron y las aventuras que compartieron parecían desvanecerse en el aire. Finalmente, comprendió que Juana nunca llegaría, y que tal vez, lo que había vivido eran solo las ilusiones y sueños de un niño que buscaba un refugio en sus recuerdos. La realidad de su ausencia se instaló como una verdad dolorosa, recordándole que, a veces, los tesoros más preciados solo existen en la imaginación.

CASI ULTRAMÁN

En una ciudad donde los libros y las palabras flotaban en el aire como hojas arrastradas por el viento, vivía un hombre llamado Simón. Simón era un escritor en busca de la grandeza, un hombre que anhelaba ver sus palabras transformarse en obras maestras que inspiraran y conmovieran a sus lectores. Cada rincón de la ciudad parecía estar impregnado de literatura; las bibliotecas eran templos venerados, las librerías, oasis de imaginación y los cafés, refugios para los soñadores y los pensadores. En las calles, las letras flotaban como un manto etéreo, susurrando historias y secretos a quienes prestaran oído. Simón caminaba por estas calles, absorbido por la magia del entorno y el deseo ardiente de dejar su propia marca en el mundo literario. Cada amanecer traía consigo una nueva oportunidad para escribir, y cada atardecer, un momento de reflexión sobre sus creaciones. En su corazón, Simón se sentía como un héroe de leyenda, uno que podría lograr hazañas increíbles con su pluma, capaz de transformar la realidad con cada palabra y dar vida a mundos enteros con su imaginación desbordante. En su mente, él era el caballero intrépido que desafiaba dragones de indiferencia y vencía monstruos de mediocridad con sus historias. Sin embargo, en la realidad, el contraste era abrumador. Sus esfuerzos se sentían como un susurro tenue y efímero en la vasta corriente de la literatura, como una gota en un océano de voces y talentos. Las páginas que escribía, a pesar de estar impregnadas de su pasión y dedicación, parecían disolverse en la inmensidad del mundo literario, perdiéndose en el murmullo constante de palabras y relatos que competían por ser escuchados. Cada intento de destacar era recibido con un eco lejano, como si sus creaciones fueran simplemente un delicado aliento en el aire, sin poder penetrar el ruido ensordecedor de las voces más fuertes y establecidas.

Una tarde, mientras paseaba por una antigua librería escondida en un rincón olvidado de la ciudad, Simón se topó con una mujer de aspecto enigmático. Ella estaba rodeada de libros antiguos y manuscritos olvidados, su presencia se mezclaba con el aroma a papel envejecido y la luz tenue que se filtraba a través de las ventanas polvorientas. Su mirada, profunda y serena, parecía tener el poder de desentrañar los secretos más ocultos del universo literario. Vestía con elegancia atemporal, y cada movimiento suyo estaba cargado de una gracia que sugería un conocimiento más allá de lo mundano.

Simón, cautivado por el aura de misterio que la rodeaba, no pudo evitar sentirse atraído hacia ella. El tiempo pareció detenerse mientras avanzaba hacia el rincón donde ella se encontraba, sus pasos resonando suavemente en el suelo de madera crujiente. Con un nudo en la garganta y una mezcla de admiración y nerviosismo, le expresó su anhelo profundo: ser un gran escritor, alguien capaz de capturar la esencia misma de la vida en sus palabras, de traducir los sentimientos más profundos y las experiencias más íntimas en relatos que resonaran en el corazón de los lectores.

La mujer lo miró con una sonrisa enigmática, como si conociera el peso de sus palabras y el deseo ardiente que las acompañaba. Sus ojos reflejaban un brillo de sabiduría y comprensión, como si estuviera a punto de desvelar un secreto muy preciado. Entonces, sin decir una palabra, extendió la mano hacia uno de los libros polvorientos que reposaba sobre una mesa cercana y, con un gesto deliberado, lo abrió, revelando un manuscrito antiguo con páginas desmoronadas pero llenas de un texto que parecía brillar con una luz propia. Con una suave voz, le dijo a Simón: "Veo en tus ojos un deseo ardiente de escribir algo verdaderamente grande," dijo la mujer con una sonrisa sabia. "Pero para lograrlo, debes primero enfrentar tus propios miedos y dudas. Necesitas descubrir la verdad de tu propio corazón y aprender a transformar el dolor en inspiración."

Simón escuchó atentamente, sintiendo que esas palabras resonaban profundamente en él, como si se tratara de un eco de sus propios pensamientos más ocultos. La mujer, con un aire de sabiduría en sus ojos, le ofreció un antiguo cuaderno de tapa de cuero, desgastado por el tiempo, y una pluma que parecía haber sido tallada con esmero. Sus manos, arrugadas y llenas de historias, sostuvieron el cuaderno con una delicadeza que contrastaba con la robustez de su apariencia. Le explicó que debía escribir en él cada mañana al amanecer, cuando el mundo aún no se había despertado por completo, para encontrar su verdadera voz. Las palabras de la mujer estaban impregnadas de una certeza que Simón no podía ignorar.

Además, le habló de un ritual ancestral, un proceso que le permitiría confrontar sus miedos más profundos y desbloquear su creatividad de una manera que nunca había imaginado. Este ritual, según ella, era una práctica sagrada que requería introspección y valentía. Le describió cómo debía prepararse: encontrar un lugar tranquilo, crear un espacio sagrado con elementos que resonaran con su ser interno, y enfrentarse a sus propios demonios en un viaje que prometía ser tanto aterrador como liberador. La mujer le prometió que, al seguir estos pasos, Simón no solo descubriría su verdadera voz, sino también una profunda conexión con su esencia más auténtica.

Esa noche, Simón se debatió entre la esperanza y la desesperanza. La idea de enfrentar sus propias inseguridades y transformarlas en palabras poderosas parecía una tarea monumental. La noche se estiraba interminable, y el silencio de su habitación estaba cargado de una tensión que apenas podía soportar. Las sombras proyectadas por la luna en la pared parecían murmurar dudas y temores, haciéndolo cuestionar su valentía y su capacidad para plasmar sus pensamientos en el papel. La mente de Simón estaba agitada, llena de fragmentos de recuerdos y emociones no expresadas que luchaban por salir a la superficie.

Sin embargo, al amanecer, con los primeros rayos del sol filtrándose a través de las cortinas, se sentó con el cuaderno y la pluma en mano, dispuesto a enfrentar el desafío. El brillo tenue de la mañana le otorgó un leve consuelo, como si el mundo estuviera dándole una señal de que era el momento adecuado para comenzar. A medida que las palabras comenzaban a fluir de su pluma, Simón sintió una oleada de calor recorrer su ser. El frío que había sentido durante tanto tiempo, la sensación de estancamiento, comenzó a desvanecerse. Era como si una luz interna se hubiera encendido, dándole una nueva perspectiva y una renovada pasión por la escritura.

Cada palabra que escribía parecía desprenderse de las profundidades de su ser, como si estuviera desenterrando una parte de sí mismo que había estado oculta bajo capas de miedo y dudas. El cuaderno se llenó de historias vibrantes y emotivas, reflejos de su propia lucha y crecimiento. Sus experiencias, antes difusas y confusas, ahora tomaban forma y se entrelazaban en narrativas coherentes y conmovedoras. Con cada página escrita, Simón sentía que se estaba liberando de las cadenas invisibles que lo habían mantenido cautivo. La escritura se convirtió en una forma de catarsis, un proceso de sanación que le permitía ver sus inseguridades no como obstáculos insuperables, sino como trampolines para un crecimiento personal profundo.

Simón comenzó a experimentar una transformación. Su escritura empezó a resonar profundamente con sus lectores, quienes se sentían tocados por la autenticidad y la fuerza de sus palabras. Empezó a recibir elogios y reconocimiento por sus obras, y se convirtió en una figura destacada en el mundo literario, casi como si hubiera alcanzado el estatus de un héroe de ficción.

La mujer de la librería volvió a aparecer en su vida y le dijo con una sonrisa de satisfacción: "Veo que has logrado lo que te propusiste. Has enfrentado tus miedos, has transformado tu dolor en inspiración, y has encontrado tu verdadera voz." Sus palabras eran como un bálsamo para el alma, un reconocimiento que parecía iluminar cada rincón de su ser. Ella, que había sido una presencia casi etérea en sus momentos de incertidumbre, ahora parecía encarnar el reflejo de sus esfuerzos y triunfos. "Recuerda," continuó, su voz envolviéndola con un tono de sabiduría y ternura, "que este es solo el comienzo. Tu viaje es una serie interminable de descubrimientos y desafíos. La verdadera magia ocurre cuando te atreves a seguir adelante, a pesar de las dudas y las adversidades." Mientras hablaba, sus ojos brillaban con una profundidad que parecía comprender cada uno de los sacrificios y victorias que había experimentado. "La vida es una historia en constante evolución," añadió con un susurro suave pero firme. "Y ahora, tú eres el narrador de tu propia épica." Con un último gesto lleno de complicidad, la mujer se desvaneció lentamente en el aire, dejando tras de sí un eco de esperanza y un susurro de promesas por cumplir.

Simón sonrió, sintiendo una profunda gratitud. Había pasado mucho tiempo enfrentando la frialdad de la duda y la inseguridad, pero ahora sabía que podía superar cualquier desafío. Había aprendido que el verdadero poder no reside en ser un héroe de ficción, sino en la capacidad de enfrentar nuestras propias debilidades, transformar nuestras luchas en fuerza creativa y encontrar la verdadera grandeza dentro de nosotros mismos. Y así, con su renovada pasión y su auténtica voz, Simón continuó su camino como escritor, dejando una huella duradera en el mundo con cada palabra que escribía.

Más allá del mar

En un rincón olvidado del mundo, donde el mar se encuentra con el cielo en un horizonte interminable, existía un pequeño pueblo llamado Éteria. Este lugar, apartado de la prisa y el bullicio de los tiempos modernos, parecía estar suspendido en una burbuja de eternidad. En Éteria, el tiempo no corría; más bien, flotaba en un vaivén delicado, como si el reloj del universo hubiera olvidado su curso. El aire, impregnado de un polvo sideral, daba a todo un resplandor etéreo, como si cada átomo estuviera cargado de magia cósmica. Las casas, construidas con piedras luminosas que reflejaban el resplandor del sol y la luna, parecían surgir del suelo como si fueran parte del paisaje celestial.

Los murmullos de los habitantes, de voz suave y melodiosa, se mezclaban con los ecos de antiguas canciones que flotaban en el aire como un susurro de tiempos pasados. Estos ecos eran recuerdos de un tiempo en el que el pueblo estaba más cerca de los astros, cuando las estrellas cantaban y el mar respondía con olas danzantes. En Éteria, las noches estaban adornadas con luces de estrellas fugaces y auroras boreales que pintaban el cielo con colores inusuales, creando un espectáculo de ensueño que parecía ser una extensión del propio pueblo.

Los habitantes de Éteria vivían en una profunda armonía con el universo, inmersos en una existencia que trascendía la realidad cotidiana. Creían que eran hadas en un sueño perpetuo, seres hechos de éter y magia, cuyas vidas estaban entrelazadas con los secretos del cosmos. Sus rituales y costumbres estaban impregnados de un respeto reverencial por el equilibrio universal, y cada gesto, cada palabra, parecía estar guiado por una comprensión intuitiva de las leyes celestiales.

Entre ellos se encontraba una joven llamada Lira, cuya belleza y dulzura hacían que todos la consideraran la niña más hermosa del pueblo. Su voz, suave y melódica, tenía el poder de calmar las tormentas y encender las estrellas en la noche. Sin embargo, Lira guardaba un secreto profundo en su corazón: a menudo sentía que el mundo alrededor de ella no era más que una ilusión, y anhelaba escapar más allá del mar que rodeaba su hogar.

Un día, mientras Lira paseaba por la playa, contemplando el mar en calma con su reflejo azul y dorado, se encontró con un hombre cuya presencia parecía provenir de un lugar lejano y mágico. Su nombre era Elián, y aunque su apariencia era la de un aventurero curtido por las vicisitudes del viaje, había algo en él que desmentía la simpleza de su imagen exterior. Vestía una túnica de colores desgastados por el sol y el viento, pero cada arruga en su tela parecía contar una historia de lugares exóticos y tiempos lejanos.

Lo que realmente capturaba la atención de Lira era el aura que emanaba de Elián. Sus ojos, profundos y enigmáticos, reflejaban las mismas estrellas que adornaban el cielo nocturno de Éteria. Parecían ser ventanas a un cosmos vasto e interminable, donde se escondían secretos y maravillas por descubrir. Su mirada, al encontrarse con la de Lira, no era simplemente penetrante, sino que contenía una serenidad tan profunda que, de alguna manera, parecía desafiar las propias leyes del tiempo y el espacio.

La forma en que Elián se movía era igualmente hipnótica. Cada gesto, cada paso, parecía estar imbuido de una gracia ancestral, como si danzara en una coreografía olvidada por el mundo. Había un aura de misterio que lo rodeaba, un enigma tan palpable que Lira no pudo evitar sentirse atraída por su presencia, como si se encontrara ante una puerta entreabierta a un mundo más allá de su comprensión.

Elián observó a Lira con una mezcla de admiración y melancolía. "Te he estado buscando," dijo con voz suave. "Tu canto, tu risa, todo en ti me ha guiado aquí, más allá del mar."

Lira, sorprendida y emocionada, le preguntó: "¿Cómo puedes saber de mi canción? No hemos hablado nunca antes."

Elián sonrió, y su sonrisa parecía resonar con una cadencia armoniosa. "El tiempo y el espacio son caprichosos en nuestro mundo. Aunque no hemos compartido palabras ni gestos, nuestras almas han estado conectadas en el polvo sideral de nuestros sueños. Y entre tanto caos, he llegado aquí para encontrarme contigo."

Lira sentía un vacío en su pecho que se llenaba con la presencia de Elián. Era como si el caos que había sentido en su vida se disipara en su presencia. "Siempre he sentido que había algo más allá del horizonte, un lugar al que realmente pertenezco. Pero nunca supe cómo llegar allí."

"Más allá del mar," dijo Elián, "existe un reino donde la magia y la realidad se entrelazan. Donde las hadas y el éter se convierten en algo tangible. Y yo, como viajero, he venido a ofrecerte la oportunidad de descubrir ese lugar."

Lira miró el mar, sintiendo que las olas eran un puente hacia su destino. "¿Qué debemos hacer?"

Elián tomó la mano de Lira, una mano que no había tocado antes, y le ofreció un amuleto de orgonita, que parecía brillar con una luz propia. "Con esto, podremos cruzar el umbral hacia el otro lado. No solo te llevaré a descubrir ese lugar, sino que juntos encontraremos la verdad que ha estado escondida en los rincones de nuestras almas."

Lira, llena de una nueva esperanza, asintió con determinación. "Vamos a escapar más allá del mar," dijo, repitiendo las palabras que Elián había dicho, como un mantra que resonaba con la promesa de un nuevo comienzo.

Los dos caminaron hacia la orilla, el amuleto de orgonita iluminando su camino. A medida que avanzaban, el horizonte se desdibujaba y el mar parecía abrirse ante ellos, revelando un sendero de luz que los guiaba hacia lo desconocido.

Al cruzar el umbral, Lira y Elián encontraron un mundo donde el tiempo fluía de manera diferente, donde la magia y la realidad coexistían en perfecta armonía. En ese reino, la música de Lira se convirtió en una melodía eterna que resonaba en cada rincón, y el amor que compartieron se transformó en una fuerza que unía el tejido mismo de ese nuevo mundo.

Más allá del mar, en el reino de Éteria, no solamente descubrieron un lugar físico, sino también la verdad sobre sí mismos y su conexión inquebrantable. Lira y Elián se convirtieron en los guardianes de ese lugar mágico, viviendo sus días en una danza de amor y belleza que nunca terminaba.

Y así, entre el caos y la serenidad, el tiempo y el espacio se fundieron en un solo instante, donde los ecos de su amor se convirtieron en el canto eterno de las estrellas.

En el reino mágico al otro lado del mar, Éteria se transformó en un lugar de esplendor, donde la magia y el amor de Lira y Elián creaban una sinfonía eterna. Sin embargo, la paz de este nuevo mundo no duró mucho. Los habitantes de Éteria pronto comenzaron a notar algo extraño: la melodiosa voz de Lira, que solía llenar el aire con su dulzura, había desaparecido.

Primero, fue un murmullo de inquietud. Nadie había visto a Lira desde que Elián y ella cruzaron el umbral, y sus canciones, que antes eran el corazón del reino, se habían silenciado. La ausencia de su voz dejó un vacío en la vida cotidiana de Éteria. Los guardianes del reino, seres que vivían en armonía con la magia, comenzaron a buscarla desesperadamente.

La noticia de la desaparición de Lira pronto llegó a los oídos del consejo de sabios de Éteria, quienes decidieron investigar más a fondo. Después de una profunda meditación y de consultar los antiguos textos del reino, descubrieron algo perturbador: la magia que había traído a Lira a este mundo no había sido solo un acto de amor, sino también un acto de tránsito.

Elián, el enigmático viajero que había guiado a Lira a través del umbral, era en realidad la personificación de la Muerte, una entidad que viajaba entre los mundos para llevar a las almas a su destino final. La revelación cayó sobre el consejo como un rayo, y el reino de Éteria se sumió en una profunda tristeza.

Mientras tanto, la búsqueda de Lira continuaba con renovada desesperación. Finalmente, un grupo de guardianes llegó a la orilla del mar, el mismo lugar donde Lira y Elián habían cruzado el umbral. Allí, entre las olas que rompían suavemente contra la arena, encontraron un cuerpo tendido en la playa. Era Lira, pero su cuerpo ya no emitía el brillo y la vida que había tenido antes. Estaba frío y sin aliento.

El descubrimiento fue un golpe devastador para el reino. La noticia se extendió rápidamente, y el dolor se hizo palpable en cada rincón de Éteria. La gente lloraba la pérdida de su amada cantante, mientras los sabios intentaban entender el significado de su trágico destino.

Elián, como la Muerte, había cumplido su papel, pero la forma en que lo había hecho había dejado una herida profunda en los corazones de los habitantes de Éteria. La realidad se hizo clara: Lira había sido llevada más allá del mar, no solamente para descubrir un nuevo mundo, sino para cumplir con un destino inevitable. La magia que había creado el puente entre los mundos también había cerrado el ciclo de su vida.

Los guardianes del reino realizaron una ceremonia de despedida, rindiendo homenaje a la voz que había iluminado sus días. Cada uno de ellos colocó una flor sobre la arena, creando un mosaico de colores que brillaba bajo el sol como un tributo a la belleza y el amor de Lira.

Elián, con un peso en su corazón, observó desde la distancia. Sabía que su papel como la Muerte era necesario, pero el dolor de la pérdida era un precio alto a pagar. Finalmente, se desvaneció en la bruma del mar, dejando Éteria en manos de sus habitantes, quienes ahora debían aprender a vivir sin la voz que una vez les dio vida.

En el nuevo equilibrio que se estableció en Éteria, la memoria de Lira se convirtió en una leyenda. Las historias de su amor y su trágico destino se contaban a lo largo de generaciones, y su voz, aunque ya no estaba presente, continuaba resonando en el corazón de todos aquellos que la habían amado.

Y así, más allá del mar, el reino de Éteria aprendió a seguir adelante, llevando consigo el eco de la canción de Lira, una melodía que nunca olvidaría.

El vuelo de Ícaro en la esfera de Astenia

En un rincón del mundo donde la niebla parecía tener vida propia, existía un lugar conocido solo por unos pocos como El Refugio. Este era un enclave aislado, un espacio herméticamente sellado en medio de una ciudad gris y desolada. Los habitantes del Refugio vivían una existencia marcada por un profundo anhelo de libertad, pero estaban atrapados en una vida de monotonía y pesadez emocional.

Ícaro, el protagonista de nuestra historia, había crecido en el Refugio, rodeado de muros grises y ventanas selladas. Desde pequeño, había experimentado el peso constante de un aire viciado que no permitía la entrada de la esperanza ni del cambio. Los residentes, cansados y resignados, vivían bajo el yugo de una monotonía que parecía no tener fin. La atmósfera del Refugio estaba cargada de una astenia emocional palpable, como si la vida misma hubiera perdido su vibrante color.

Ícaro soñaba con escapar, con liberarse del opresivo abrazo de ese lugar que consideraba una prisión. La idea de volar, de ser libre y de ver el mundo desde una perspectiva completamente diferente, se había convertido en su mayor deseo, como una obsesión que lo devoraba lentamente. En sus sueños, imaginaba que podía sentir la antigravedad, que su cuerpo se elevaba con una ligereza infinita, desafiando las leyes de lo terrenal, levitando hasta cruzar el vasto universo, donde las estrellas brillaban como faros de una libertad inalcanzable. Visualizaba cielos abiertos y horizontes sin límites, donde el viento susurraba promesas de lugares desconocidos y maravillas por descubrir.

Sin embargo, la realidad era otra. El Refugio no solo era un lugar donde nadie podía volar, era un lugar donde la esperanza se desvanecía lentamente, como un eco que se extinguía en la distancia. Las paredes de piedra parecían absorber el entusiasmo, y los habitantes se movían como sombras, con miradas apagadas y pasos pesados. Nadie hablaba de volar, ni siquiera en susurros. Los días pasaban, idénticos, monótonos, y cualquier mención de libertad era recibida con miradas desconfiadas, casi aterradoras, como si fuese un crimen desear lo que nunca podría ser.

Ícaro, sin embargo, no podía renunciar a sus sueños. Sentía que algo en su interior vibraba con la urgencia de una verdad no pronunciada. El deseo de escapar no era solo físico; era una necesidad del alma. En cada paso que daba por los estrechos corredores del Refugio, en cada noche interminable, se preguntaba cuánto tiempo más podría resistir antes de que el peso de la realidad aplastara por completo sus anhelos. Pero una cosa era cierta: aunque el Refugio le cortara las alas, su mente, su espíritu, seguirían soñando con el cielo, con volar, con ser libre.

Un día, cansado del constante martilleo de la monotonía y de las risas vacías que resonaban por el Refugio, Ícaro decidió que era el momento de actuar. Sabía que no podía seguir soportando el ruido y el caos que lo rodeaban. Empezó a trabajar en un plan que solo él entendía, y construyó una gran cámara anecoide, un refugio sonoro que prometía la paz que tanto anhelaba.

Mientras trabajaba en su esfera, Ícaro sentía una mezcla de esperanza y desesperación que lo atravesaba como una marea constante, a veces sofocante, otras reconfortante. La esfera era su última esperanza, un refugio que había ideado con el fervor de quien busca desesperadamente una salida al caos interior. Cada pieza que ajustaba, cada junta que soldaba, lo acercaba a su visión de libertad, aunque el miedo a fracasar lo corroía silenciosamente. Había diseñado la esfera para que fuera completamente hermética, aislada de las voces, de las miradas inquisitivas, del bullicio incesante del Refugio que lo ahogaba cada vez más. Ahí, en su pequeño universo cerrado, no existiría el tiempo ni las exigencias, solo el vacío y su propia conciencia. Sin embargo, esa misma soledad que anhelaba tenía un matiz oscuro: ¿qué sucedería si, al escapar de todo, se perdía a sí mismo en ese aislamiento absoluto? La esfera era tanto una promesa de claridad como una amenaza de olvido. Dentro de la esfera, Ícaro experimentó una sensación de ligereza, una libertad que nunca había conocido. La sensación de levitar, de flotar sin la presión de la gravedad, le permitió ver el mundo de una manera completamente nueva. En ese espacio anecoide, el ruido del Refugio se desvaneció, y por primera vez, Ícaro sintió que podía respirar con claridad.

Pero no todo fue fácil. Los murmullos de los otros habitantes del Refugio llegaban a sus oídos a través de las paredes de la esfera, como si fueran ecos distorsionados, llenos de consejos no solicitados y advertencias cargadas de temor. Cada susurro era una daga de incertidumbre que buscaba anclarlo en la misma parálisis que los mantenía a ellos prisioneros. Le decían que debía esperar, desistir, olvidar; que los sueños no eran más que espejismos crueles que se disipan ante la realidad implacable. Lo instaban a conformarse, a abrazar el destino que todos habían aceptado como inevitable. Pero Ícaro no podía aceptar esa sentencia. En su pecho ardía una llama imposible de sofocar, una convicción profunda de que su vida no podía limitarse a la resignación. Sabía que el miedo los dominaba, que las palabras que intentaban detenerlo eran más bien una proyección de sus propios fracasos. Y aunque los fantasmas de la duda lo rondaban, él estaba decidido a seguir adelante, a trazar su propio camino, aunque eso significara enfrentarse a lo desconocido y arriesgarlo todo. La posibilidad de volar, de escapar de las sombras, lo mantenía firme.

Una noche, cuando la luna estaba alta en el cielo, Ícaro se preparó para dar el gran salto. Abrió una pequeña escotilla en la esfera y se asomó al vacío total que se extendía ante él. Sentía el frío del espacio y la emoción de lo desconocido. Sabía que estaba a punto de emprender un viaje sin retorno, pero estaba decidido a enfrentar lo que viniera.

En ese instante, la figura de Ícaro parecía una metáfora de su propia liberación. Sus alas, imaginadas y reales en su mente, se desplegaron mientras se lanzaba al vacío, desafiando las leyes de la naturaleza y su propio miedo a caer. La esfera, que durante tanto tiempo lo había protegido y aprisionado a la vez, se revelaba ahora como una cárcel diminuta en comparación con la inmensidad que lo rodeaba. A pesar de haber sido su refugio, aquel espacio reducido no podía contener la magnitud de su deseo de trascender, de romper las cadenas invisibles que lo mantenían atado a su pasado, a sus miedos y a su propio reflejo.

Ícaro voló hacia el infinito, su cuerpo temblando entre la ansiedad de lo desconocido y la euforia de lo alcanzado. Las estrellas brillaban a su alrededor, como si reconocieran en su vuelo una antigua promesa de la humanidad, una búsqueda eterna por algo más allá de lo tangible. Sentía la fuerza de la gravedad tirando de sus pies, mientras su mente y su espíritu alcanzaban una ingravidez total, un estado en el que la libertad era más real que el aire mismo. Cada latido de sus alas lo impulsaba más lejos, no solo en distancia, sino en conciencia, en esa fusión con el universo que siempre había deseado y temido en partes iguales. Su vuelo no era hacia la perdición, sino hacia el entendimiento profundo de lo que significaba ser libre, de lo que implicaba realmente alzar el vuelo, sabiendo que el sol podía quemar, pero también iluminar el camino.

La historia de Ícaro en la esfera se convirtió en una leyenda dentro del Refugio. Aunque nunca regresó, su valentía y determinación inspiraron a otros a cuestionar las paredes que los rodeaban. En el corazón del Refugio, la historia de Ícaro se contaba como un símbolo de esperanza y coraje, un recordatorio de que, a veces, para encontrar la libertad, es necesario arriesgarse a saltar al vacío total.

EL BOSQUE DE LA LOCURA

En un rincón olvidado del mundo, en un bosque que solamente algunos conocían, existía un sendero que parecía desvanecerse con el viento. Las ramas de los árboles se enredaban en lo alto, formando una cúpula natural que ocultaba lo que sucedía dentro. Allí, entre sombras y luces distorsionadas, las criaturas malditas danzaban su grotesca coreografía al ritmo de un cántico imposible de olvidar: "Hey vrenah, hey vrenah... vronkalem vronkalem".

Aquel lugar era un eco de una revolución fallida, un intento de cambiar todo lo que había colapsado justo en el umbral del éxito. Los habitantes del pueblo cercano sabían de su existencia, pero pocos se atrevían a mencionar siquiera el bosque maldito. A los que trataban de recordar, se les llamaba extraviados, perdidos en una búsqueda inútil que siempre terminaba en locura.

Uno de esos extraviados era un hombre de edad incierta, su rostro surcado por arrugas que no solo hablaban de los años, sino también de una vida cargada de arrepentimientos. Su cabello, enmarañado y canoso, caía desordenadamente sobre su frente, y sus ojos, hundidos y opacos, revelaban el peso de una tristeza insondable. Vagaba por los senderos del bosque con la mirada perdida, como si sus pies se movieran por inercia, sin destino claro, buscando algo que nunca llegaba a encontrar. A veces, al detenerse entre los árboles, su boca se movía en un susurro apenas audible, como si intentara recordar palabras olvidadas. El aire frío que lo rodeaba parecía arremolinarse a su alrededor, susurrando secretos que solo él entendía, pero a los que ya no podía responder.

Sus pasos eran errantes, su andar irregular, casi tambaleante, como si la fuerza que alguna vez lo sostuvo se hubiera evaporado, dejándolo a merced del viento que lo empujaba de un lado a otro. Cada crujido de las ramas secas bajo sus botas lo hacía sobresaltarse, como si esperara que algo surgiera de las sombras, aunque sabía que lo que más temía estaba en su interior. Era un hombre marcado por el pasado, por las decisiones que había tomado, o quizás por las que había dejado de tomar. No había nadie con quien hablar, nadie que lo acompañara, excepto el murmullo del viento, que parecía burlarse de su miseria con cada ráfaga.

Cada noche, al cerrar los ojos, el mundo del sueño lo arrastraba a un abismo aún más oscuro. Se enfrentaba a las criaturas, esas formas grotescas que lo acechaban desde la profundidad de sus pesadillas. Sus cuerpos deformes, con extremidades torcidas y rostros irreconocibles, lo rodeaban en una danza macabra, saltando y retorciéndose alrededor suyo, sus voces estridentes resonando en su mente. Gritaban una y otra vez: "Vronkalem, vronkalem", sus voces llenas de burla y desprecio. No sabía qué significaba esa palabra, pero en lo profundo de su ser sentía que era un nombre olvidado, algo que había dejado atrás y que ahora lo perseguía sin descanso. Cada noche, el eco de esos gritos lo atormentaba, hasta que el amanecer lo devolvía a su errático deambular por el bosque, donde la búsqueda de lo perdido continuaba, sin fin a la vista.

Eran figuras pequeñas, con ojos desorbitados y una risa escalofriante, siempre revoloteando a su alrededor. Aunque él intentaba escapar de ellos, las criaturas siempre regresaban, arrastrándolo de vuelta a su danza nauseabunda, obligándolo a girar en torno al hedor que desprendían. Pero sabía que debía enfrentarlas, aunque únicamente fuera para no perderse del todo.

Una noche, bajo una luna opaca que apenas lograba atravesar las nubes densas, el viento en el bosque comenzó a girar de manera extraña, como si estuviera cargado de algún oscuro presagio. El aire se espesaba y las sombras de los árboles se estiraban, deformándose con cada ráfaga. Las hojas y ramas se unían en un remolino furioso que parecía cobrar vida propia, atrapándolo en su centro, como si el bosque entero estuviera conjurando algún antiguo ritual. Los murmullos del viento se mezclaban con sus propios pensamientos, haciéndolo sentir observado, vulnerable.

Y entonces, emergiendo del caos, las criaturas se manifestaron una vez más. Esta vez eran más numerosas, más osadas, y sus formas se retorcían como pesadillas materializadas. Ya no se limitaban a rondarlo con sus saltos rápidos y furtivos, sino que ahora se elevaban, desafiando las leyes de la naturaleza. Volaban sobre él como aves deformes, con alas negras y plumajes desgarrados que apenas sostenían sus cuerpos desfigurados. Graznaban "grrrr" con voces que sonaban como si la tierra misma se quejara bajo sus pies, sus carcajadas retumbando en el aire como ecos de un pasado que él prefería olvidar.

Sus risas se expandían más allá del bosque, alcanzando las costas donde las olas susurraban secretos antiguos, las mismas playas que en otro tiempo habían sido testigos de sueños de libertad, de promesas no cumplidas. Pero ahora, esas mismas playas parecían malditas, asfixiadas por el eco de aquellas criaturas grotescas, como si la esperanza hubiera sido borrada por completo, dejando solo un paisaje desolado bajo la mirada vigilante de la luna.

Cerró los ojos, esperando que al abrirlos todo se desvaneciera, pero el canto de "Vronkalem" no se detenía. Las risas eran cada vez más intensas, como si se estuvieran alimentando de su desesperación. Desesperado y sin otra salida, comenzó a moverse al compás de las criaturas, girando en torno a ellas, repitiendo su cántico: "Vronkalem, vronkalem", como si al hacerlo pudiera despojarse de su propia culpa.

El bosque comenzó a iluminarse con una luz extraña, como si las estrellas se hubieran precipitado hacia la tierra para ser testigos de la escena. Las criaturas, con sus cuerpos retorcidos y sus ojos brillantes de maldad, lo rodeaban cada vez más cerca, hasta que su propia conciencia se sintió atrapada entre la resignación y el pavor. Tal vez, pensó, nunca hubo una revolución real, tal vez todo fue un ciclo eterno de intentos fallidos, de errores repetidos una y otra vez.

Mientras giraba, una lágrima silenciosa cayó por su rostro. La playa, el bosque, el viento, todo permanecía igual. Y cuando el amanecer finalmente apareció en el horizonte, él no era más que otro extraviado, condenado a vagar entre los ecos de lo que nunca fue.

Las criaturas rieron una vez más antes de desaparecer en el aire, sus siluetas deformes desvaneciéndose con el viento. Pero el cántico, "Vronkalem, vronkalem", quedó flotando en el ambiente, como una advertencia eterna de que la revolución había fallado... otra vez.

VALÉN

En el corazón de un reino mágico conocido como Eldoria, donde los bosques susurran secretos ancestrales y los ríos brillan con luz de luna, se encontraba un pintoresco pueblo rodeado de una belleza etérea. Las casas de madera, con techos de teja verde esmeralda y ventanas de cristal azul, se agrupaban en callejones serpenteantes adornados con enredaderas de flores luminosas que florecían en tonos dorados y plateados. Cada rincón del pueblo parecía impregnado de magia, desde los senderos de piedras resplandecientes que cambiaban de color al paso de los transeúntes, hasta los árboles centenarios que, al caer la noche, desplegaban sus hojas en destellos de luz suave como la bruma.

Las construcciones estaban cubiertas de musgo encantado que, al tacto, parecía emitir un susurro melodioso, y el aire estaba impregnado de un aroma dulce y embriagador, fruto de las flores que florecían en cada jardín. Los habitantes del pueblo, de aspecto tan etéreo como el paisaje que los rodeaba, se movían con una gracia innata, vestidos con ropajes que reflejaban la luz de los astros y que parecían cambiar de forma y color según el estado de ánimo de quienes los portaban.

En el centro del pueblo, una fuente de agua cristalina emanaba un flujo constante de líquido que brillaba con un resplandor plateado. Los murmullos de la fuente se entrelazaban con los susurros de los árboles, creando una melodía hipnótica que resonaba a lo largo del día. En la plaza central, se erguía un gran roble antiguo, cuyas ramas se extendían como si quisieran abrazar el cielo, y en su tronco estaba esculpida una serie de runas antiguas que parecían contar la historia del reino.

Cada amanecer, la luz dorada que se filtraba a través de las copas de los árboles convertía el pueblo en un lugar de ensueño, y al caer la noche, el brillo de las estrellas parecía fundirse con el resplandor de las lámparas flotantes que iluminaban los senderos.

En este entorno mágico, vivía un ser cuya existencia estaba envuelta en misterio y enigma, un habitante tan inmersivo en la esencia de Eldoria que parecía ser una parte intrínseca del propio tejido del reino. Era Valen, un vampiro con una historia tan antigua como el propio reino, cuyas hazañas se contaban en susurros y leyendas. Eldoria, un lugar de maravillas y magia, había sido invadido por criaturas oscuras que traían caos y desesperación.

Valen no era un vampiro común. Su esencia estaba marcada por la lucha, el honor y una profunda lealtad a un propósito que trascendía su propia existencia. Había llegado a Eldoria en tiempos remotos, un guerrero de la noche cuyo destino estaba entrelazado con la salvación del reino. Sus colmillos y garras, aunque temidos por muchos, eran una extensión de su voluntad férrea de proteger la tierra que amaba.

La historia de Valen comenzó en una noche estrellada, cuando el cielo estaba teñido de morado y plata. Las criaturas oscuras habían invadido Eldoria, un reino mágico lleno de vida y belleza, y la gente estaba desesperada por un salvador. Valen, con su elegancia sobrenatural y su presencia imponente, apareció en el momento justo, no como un enemigo, sino como un protector destinado a recuperar la paz.

Montado sobre su corcel oscuro, cuyo pelaje reflejaba la luz de la luna como un espejo de plata líquida, Valen recorría los vastos campos mágicos de Eldoria. La silueta de su caballo se recortaba contra el cielo estrellado, creando un contraste majestuoso con el manto nocturno. Sus ojos, de un rojo intenso, eran dos llamas ardientes que brillaban con la determinación inquebrantable de un líder y un guerrero, capaces de atravesar cualquier sombra con su mirada penetrante. La magia del reino, antigua y poderosa, fluía a través de él como un río de energía etérea, infundiendo cada uno de sus movimientos con una fuerza sobrenatural. Cada paso que daba resonaba con la promesa de protección y justicia, y su conexión con los hechizos y encantamientos que mantenían el equilibrio y la seguridad de su hogar se sentía casi tangible, como una melodía antigua que él conocía y comprendía en lo más profundo de su ser. El aire alrededor de él estaba cargado de una vibración mágica, y el suelo bajo sus patas parecía susurrar secretos olvidados mientras avanzaba con una gracia y autoridad que solo un verdadero guardián de Eldoria podía exhibir.

Las primeras batallas de Valen contra las criaturas oscuras fueron épicas. En la ciudad de Lunaria, donde las casas flotaban en el aire y las estrellas parecían estar al alcance de la mano, Valen luchó con una ferocidad que deslumbró a los habitantes. Cada victoria era una promesa de esperanza para Eldoria, y aunque Valen era temido por su naturaleza vampírica, pronto se convirtió en el héroe de la gente. Sin embargo, el peso de la guerra no era fácil de soportar, y el sacrificio personal estaba siempre presente.

A medida que Valen avanzaba en su misión, enfrentó traiciones y conspiraciones que amenazaban con desmoronar todo lo que había logrado. La confianza que había depositado en aquellos que una vez consideró aliados se convirtió en una dolorosa ilusión. Sus enemigos, temerosos de su poder y del cambio que él representaba, unieron sus fuerzas en una coalición de sombras, una alianza de seres oscuros y astutos que maniobraban con habilidad para socavar cada uno de sus pasos. Sus intrigas se manifestaron en sabotajes sutiles y engaños que desestabilizan sus planes y erosionaron la moral de sus seguidores.

En la batalla final en el Valle de la Niebla, donde la bruma envolvía el campo como un manto espectral y los árboles susurraban antiguos hechizos olvidados, la atmósfera se cargó con una tensión palpable. La lucha era feroz, con el choque de espadas y el rugido de la magia llenando el aire. Valen, con su espada en mano y el corazón decidido, se enfrentaba a sus enemigos en una danza mortal de estrategia y valentía. Sin embargo, el destino, siempre caprichoso, le tenía reservada una cruel sorpresa.

En el clímax de la batalla, un hechizo oscuro, cargado con la energía de la traición y el resentimiento, le atravesó el corazón. El hechizo no solo causó una herida física, sino que parecía haber sido imbuido con una esencia que trascendía la muerte misma. Aunque su cuerpo era inmortal, la herida no solo lo debilitó, sino que trajo consigo un dolor que trascendía lo físico. Era el dolor de la traición, el peso de los sacrificios realizados, y la angustia de saber que su misión, aunque noble, podría ser en vano. En medio de la batalla y con su visión nublada por la bruma y el sufrimiento, Valen comprendió que el verdadero precio de su lucha no solo era la vida, sino la pérdida de lo que más había valorado: la confianza, la lealtad y el sueño de un mundo mejor.

La herida mágica que recibió no solo marcó el fin de su lucha, sino también el fin de una era dorada para Eldoria. Aunque Valen había luchado con todo su ser, el destino le había reservado una última prueba. En su lecho de muerte, mientras las estrellas lloraban su partida, Valen comprendió que su verdadero legado no se medía solo por las batallas ganadas, sino por el sacrificio y la protección que había ofrecido a su tierra amada.

La leyenda de Valen perduró mucho después de su partida. Los cuentos de sus hazañas y su sacrificio continuaron siendo contados, y su nombre se convirtió en sinónimo de valentía y honor en Eldoria. En las noches mágicas, cuando la luna llena ilumina el reino y el viento lleva consigo ecos de antiguas leyendas, se puede oír el murmullo de su historia, recordando a todos que la verdadera grandeza no siempre se ve en el campo de batalla, sino en el sacrificio y el amor incondicional por lo que uno protege.

Así, Valen, el vampiro incomprendido de Eldoria, se convirtió en un símbolo de heroísmo eterno, inspirando a generaciones con su historia de lucha y sacrificio. Su legado vive en cada rincón del reino mágico, recordando a todos que la valentía y el honor no tienen fronteras, ni siquiera en el corazón de un vampiro.

CUIDADO

En un rincón oscuro de la ciudad, donde las luces neón se mezclaban con las sombras, vivía una joven llamada Ana. Su vida era un ciclo interminable de pesadillas y días grises, y su corazón latía como un tambor en la tormenta. Ana tenía una presencia casi etérea; su piel, pálida como la luna en una noche sin estrellas, contrastaba con las sombras que la envolvían. Sus ojos, grandes y de un azul profundo, parecían dos océanos en los que se reflejaban tormentas interiores, y sus pestañas largas y oscuras se movían como abanicos al ritmo de sus emociones. Su cabello, lacio y negro como el carbón, caía en cascada hasta la mitad de su espalda, a menudo desordenado y enredado, como si nunca hubiera tenido tiempo para peinarse. Sus ropas eran simples y siempre de colores apagados, a menudo de lana desgastada y con bordes deshilachados. Cada prenda parecía absorber la tristeza que emanaba de su ser, y su andar era una danza lenta y melancólica, como si cada paso fuera una carga invisible. Había algo en su existencia que no encajaba, como si estuviera atrapada en una realidad distorsionada, con una sensación constante de desajuste que la mantenía al margen de la vida que la rodeaba.

Ana había conocido a León en un momento de vulnerabilidad. Fue en una cafetería que olía a café amargo y recuerdos rotos. León era un hombre enigmático, con una presencia que parecía llenar el espacio sin necesidad de palabras. Su cabello, desordenado y de un negro intenso, caía en mechones rebeldes sobre su frente, como si hubiera sido tocado por la brisa de un invierno lejano. Sus ojos, de un gris penetrante, reflejaban un brillo metálico bajo la luz tenue del local, como si ocultaran un universo entero de pensamientos no dichos. La piel de su rostro estaba marcada por sutiles líneas que hablaban de experiencias vividas y de una melancolía que parecía ser parte de su ser. Su complexión era delgada pero atlética, con una postura que, aunque relajada, transmitía una presencia imponente. La forma en que sus manos se movían al hablar, con una gracia casi artística, sugería una profundidad emocional que contrastaba con su aparente desapego. Desde aquel primer encuentro, Ana sintió que algo profundo había cambiado en ella. Era como si su vida anterior se hubiera desvanecido, reemplazada por una oscuridad que nunca había conocido. Cada conversación con León parecía ser un viaje a lo desconocido, y ella se encontraba atrapada en un enigma que la desafiaba a descubrir nuevas facetas de sí misma.

Al principio, la presencia de León le ofrecía una intensidad que parecía vital. Pero pronto, esa intensidad se convirtió en una sombra constante que seguía cada uno de sus pasos. Ana comenzó a notar cómo sus días se desmoronaban lentamente. Ya no veía el mundo con claridad; todo se tornaba borroso y distante. Era como si León hubiera absorbido toda su energía vital, dejándola en un estado de extenuación emocional.

Ana despertó una mañana con una sensación aguda de desesperanza. El dolor era físico y psicológico, una combinación de heridas invisibles que la atormentaban. Se preguntaba si aún estaba viva o si había sido arrastrada a una existencia más allá de la muerte. Se sintió obligada a hacerse daño, a herirse a sí misma para sentir algo, para comprobar que no estaba completamente perdida en ese vacío oscuro.

León parecía ajeno a su sufrimiento. En sus conversaciones, en sus miradas, Ana detectaba una indiferencia que la hacía sentir más sola que nunca. Él no sabía nada de ella, no comprendía las profundidades de su dolor. Sus palabras eran siempre superficiales, llenas de promesas vacías. A medida que pasaba el tiempo, Ana comenzó a sentir que León no solo la ignoraba, sino que estaba destruyendo todo lo que quedaba de ella. Sus gestos ausentes y su incapacidad para ver más allá de la superficie la hacían cuestionar si alguna vez habían compartido una conexión real. La sensación de desolación se intensificaba cada vez que León, en su desinterés casi calculado, desviaba la conversación hacia temas triviales o centraba su atención en distracciones banales.

Ana empezaba a notar cómo sus propias esperanzas se desvanecían, como si estuvieran siendo erosionadas por la indiferencia constante. La brecha entre ellos se agrandaba, dejando a Ana en un vacío emocional donde el eco de sus propios sentimientos parecía resonar sin respuesta. Cada día, el peso de la indiferencia de León se volvía más insoportable, y la soledad se transformaba en un compañero constante. Se preguntaba si alguna vez habría una chispa de comprensión o empatía en el horizonte, o si estaba condenada a una existencia marcada por la incomprensión y el desdén. Su dolor se amplificaba con cada sonrisa forzada y cada conversación sin profundidad, como si León estuviera, sin querer, contribuyendo a la disolución de su propia esencia.

El mundo exterior, el que alguna vez le había parecido vibrante y lleno de posibilidades, se convirtió en una nebulosa inalcanzable. Ana no podía ver el mundo detrás de la neblina de su propia existencia. Cada amanecer, en lugar de ofrecerle un nuevo comienzo, parecía intensificar la opacidad de su realidad, arrastrándola hacia un vacío sin fin. Sus amigos, quienes solían ser su refugio y su alegría, se fueron alejando lentamente, como sombras que se desvanecen en el crepúsculo. Sus pasiones, esos fuegos ardientes que antes iluminaban su camino y daban sentido a su vida, se extinguieron de manera silenciosa y gradual, dejándola en un estado de tristeza que se sentía interminable. Los recuerdos de un pasado vibrante se volvían cada vez más borrosos, como viejas fotografías olvidadas en un rincón polvoriento. Ella quedó atrapada en un estado de desesperanza perpetua, sin poder vislumbrar una salida de su propio laberinto emocional. La vida se le había convertido en una serie de días indistinguibles, una rutina grisácea que la sumía en la melancolía, mientras la nebulosa a su alrededor se espesaba, haciéndole sentir que el mundo había dejado de existir para ella.

Un día, mientras paseaba por la ciudad, Ana se detuvo frente a un viejo espejo en una tienda de antigüedades. El cristal, ligeramente empañado por el paso del tiempo, parecía captar no solo la luz del día, sino también fragmentos de recuerdos olvidados. Miró su reflejo y vio a una mujer que no reconocía. Su rostro estaba marcado por la tristeza, como si cada línea de expresión narrara historias de desilusión y dolor. Sus ojos, vacíos y sin brillo, parecían mirar a través de un velo de niebla emocional. Era una extraña en su propia vida, una persona que se había perdido en la oscuridad de una relación que alguna vez le prometió luz, pero que en su lugar había ofrecido sombras y desencanto. La mujer en el espejo no solo reflejaba un semblante abatido, sino que también era un recordatorio de los sueños rotos y las promesas incumplidas. Ana se preguntó cuándo había comenzado a perderse, cuándo había dejado que la esperanza se desmoronara en la rutina de días grises y momentos vacíos. Su corazón, atrapado entre la añoranza de lo que pudo haber sido y la resignación de lo que era, latía con una tristeza silenciosa. El espejo, viejo y polvoriento, se convirtió en un espejo de su alma, y en ese instante, Ana entendió que el viaje hacia la autoaceptación y el renacimiento comenzaría con la confrontación de esa desconocida que veía reflejada en él.

Con una decisión dolorosa, Ana se dio cuenta de que tenía que liberarse de León para poder recuperar su vida. Sabía que hacerlo significaba enfrentar un vacío aún más grande, una soledad profunda que la aterrorizaba. Pero también entendía que debía hacerlo para salvarse a sí misma, para encontrar una forma de respirar nuevamente.

Ana tomó la decisión de dejar a León, de escapar de la oscuridad que él representaba. Era una elección desesperada, pero también era un acto de valentía. La vida, aunque incierta y aterradora, parecía una opción mejor que la existencia en la que se había sumido. Al final, no podía seguir viviendo en las sombras de alguien más, en un mar de desilusión y opresión. Sabía que el vacío que enfrentaría podría ser abrumador, pero también creía que tenía la fuerza necesaria para enfrentar ese desafío.

En las noches de insomnio, cuando la realidad se le aparecía en visiones crueles y desoladoras, Ana se obligaba a recordar las promesas de libertad que una vez hizo para sí misma. Esa libertad que siempre había soñado pero que parecía tan lejana cuando estaba atrapada en la relación con León. Los recuerdos de sus sueños aplastados y de las pequeñas alegrías que había sacrificado en nombre de una estabilidad ilusoria la empujaban a seguir adelante.

Finalmente, Ana se dio cuenta de que el amor que una vez había sentido por León se había transformado en una prisión, y que para poder sanar, debía liberarse de las cadenas que ella misma había aceptado. Con cada paso que daba hacia la puerta de su liberación, sentía un peso menos en su corazón. La decisión de irse no fue sencilla, pero en el fondo, sabía que era el primer paso para recuperar su esencia, su voz, y su capacidad de elegir su propio destino.

La vida estaba llena de incertidumbres, pero también de posibilidades. Cada amanecer sin León era una oportunidad para reconstruir su identidad y enfrentar el mundo con un nuevo sentido de propósito. Aunque el camino hacia adelante estaba lleno de preguntas sin respuesta, Ana se sintió al menos libre para comenzar a buscar las respuestas que necesitaba, para descubrir quién era realmente sin las sombras de su pasado.

A medida que se alejaba de León, el dolor no desapareció de inmediato. La herida que se había hecho al despertar seguía latente, pero había una chispa de esperanza en el horizonte. Ana comenzó a reconstruirse, a redescubrir el mundo que había estado oculto detrás de la niebla. Sabía que el camino sería largo y lleno de desafíos, pero también sabía que era un camino hacia la libertad y la recuperación.

En la oscuridad de su pasado, Ana encontró una lección importante: a veces, es necesario enfrentarse a las propias sombras para encontrar la luz nuevamente. Y así, con cada paso que daba, Ana se acercaba a una nueva realidad, una en la que podía ver el mundo de nuevo, y tal vez, por fin, encontrar la paz que había estado buscando.

EL SECRETO DE ALMEDA

En el tranquilo pueblo de Almeda, el tiempo transcurría lentamente. Las calles empedradas y las casas de tejados a dos aguas daban un aire apacible al lugar. Sin embargo, todo cambió con la llegada de Valeria Stone, una mujer enigmática que se mudó a la antigua mansión al borde del bosque. Valeria, con su estilo extravagante y su actitud reservada, rápidamente capturó la atención de los residentes.

A los pocos días de su llegada, comenzaron a circular rumores sobre la mansión de Valeria. Algunos decían que era un refugio de secretos, otros, que había algo inquietante en ella. Lo que realmente atrajo la atención de las autoridades fue el extraño comportamiento de Valeria y el misterioso canto que emanaba de la mansión durante la noche.

Lucas Morales, un joven periodista de investigación que había regresado a Almeda para cuidar de su anciana madre, estaba decidido a descubrir la verdad detrás de los rumores que circulaban por el pueblo. Durante años, la mansión de Valeria había sido un enigma envuelto en misterio y desconfianza. La imponente edificación, con sus paredes desgastadas y sus ventanales rotos, había sido objeto de varias investigaciones policiales menores en el pasado, pero nunca se había encontrado nada concreto que pudiera esclarecer los oscuros secretos que se le atribuían. Las leyendas locales hablaban de desapariciones inexplicables, susurros en la noche y sombras que se movían por las habitaciones desiertas.

Intrigado por estas historias y por la creciente inquietud que se manifestaba en la comunidad, Lucas decidió que debía investigar por su cuenta. Armado con su cámara, una libreta de notas y un instinto periodístico agudo, se adentró en la mansión con una mezcla de entusiasmo y aprensión. Mientras cruzaba el umbral, sintió que el aire se volvía más denso, casi como si la casa misma estuviera viva y consciente de su presencia. Cada habitación parecía contar una historia propia, con muebles cubiertos de polvo y telarañas que parecían haber sido tejidas a lo largo de décadas. Lucas se prometió a sí mismo que no descansaría hasta desentrañar los misterios que se escondían tras esas paredes, convencido de que había algo más profundo y siniestro esperando ser descubierto.

Una noche, mientras la melodía de la mansión se extendía por el pueblo, Lucas se dirigió al lugar. Sabía que algo importante estaba ocurriendo allí y que tenía que actuar con rapidez. Tras investigar los alrededores, encontró una entrada lateral que parecía no estar vigilada. Con una linterna y su grabadora, se adentró en la mansión.

La mansión estaba en penumbra, iluminada solamente por la luz temblorosa de las velas que Valeria había dispuesto en varias habitaciones. La bruma de las llamas creaba sombras danzantes en las paredes, dando a los espacios un aire misterioso y nostálgico. El aroma a cera y a papel envejecido llenaba el aire, mezclándose con un leve toque de incienso que flotaba sutilmente, sugiriendo una atmósfera casi ritualística.

La música, suave y envolvente, parecía surgir de los rincones ocultos de la casa, guiando sus pasos a través de los oscuros pasillos. Finalmente, llegó a una sala al final del corredor, donde el ambiente se sentía más denso y cargado de historia. Allí, Valeria se encontraba en el centro de una escena casi sacra, sentada en una alfombra de tonos cálidos y ricos que contrastaba con el entorno sombrío. La habitación estaba llena de documentos dispersos y libros antiguos, apilados en un desorden ordenado que evocaba el fervor de una búsqueda apasionada. Los textos, con tapas de cuero desgastado y hojas amarillentas, parecían guardar secretos de épocas pasadas, esperando ser descifrados. La luz de las velas reflejaba en sus lentes, mientras Valeria, inmersa en su estudio, pasaba las páginas con delicadeza, como si cada una de ellas pudiera revelar un fragmento crucial de un enigma antiguo.

"Valeria Stone", dijo Lucas con firmeza mientras entraba en la sala. "Estoy aquí para investigar los rumores que han circulado sobre tu llegada a Almeda."

Valeria levantó la vista, sin mostrar sorpresa. Su expresión era una mezcla de serenidad y desafío. "¿Crees que vas a encontrar algo aquí, Lucas?"

Lucas notó que en la sala había un gran libro abierto en una mesa. Las páginas estaban llenas de dibujos y textos antiguos. A medida que se acercaba, escuchó a Valeria comenzar a cantar una melodía que parecía transmitir una sensación de urgencia y misterio.

"Ven, descúbreme", cantó Valeria. "Tengo algo que enseñarte."

Lucas, pese a su entrenamiento en la investigación, se sintió intrigado. La canción parecía tener un efecto hipnótico. A medida que Valeria continuaba cantando, el ambiente en la sala cambió. Los papeles en la mesa no eran simples documentos; eran evidencias de algo mucho más oscuro.

Lucas se acercó al libro y empezó a examinarlo más de cerca. Descubrió que los dibujos y escritos no eran meros artefactos antiguos, sino registros de actividades ilegales y conspiraciones. Cada página revelaba detalles sobre una red de tráfico de artefactos robados y corrupción que se extendía por varias ciudades.

"Todo lo que quiero es que me sigas y que beses mis pies", cantó Valeria con una intensidad creciente.

Lucas comprendió que la canción era una distracción, una forma de mantenerlo ocupado mientras escondía la verdadera razón de su presencia en la mansión. Valeria no era una simple forastera; era una pieza clave en una operación criminal que se había infiltrado en Almeda. La melodía alegre y contagiosa de la canción contrastaba grotescamente con el oscuro propósito que Valeria ocultaba bajo su aparente encanto. Cada nota, cada acorde, era una cortina de humo, diseñada para desviar la atención de los verdaderos movimientos que se llevaban a cabo en las sombras de la mansión.

Mientras la voz de Valeria se elevaba en un canto que parecía demasiado perfecto para ser genuino, Lucas observó con creciente desconfianza. No podía permitir que la aparente frivolidad de la situación lo engañara. Sabía que bajo la superficie de esa velada aparentemente inocente se escondía una trama de intriga y traición. Cada gesto y cada palabra de Valeria eran cuidadosamente calculados para encubrir la verdadera operación: un elaborado esquema que se extendía por los rincones más oscuros de Almeda, manipulando a aquellos que, como él, estaban en la búsqueda de la verdad.

El ambiente lujoso de la mansión se volvía cada vez más opresivo a medida que Lucas se daba cuenta de que no podía confiar en nada de lo que veía. La música se entremezclaba con el murmullo de secretos y mentiras, creando una atmósfera en la que la realidad y la ilusión se confundían. Lucas debía mantenerse alerta, descifrar las piezas del rompecabezas y descubrir el verdadero papel de Valeria en este retorcido juego antes de que fuera demasiado tarde.

Con la información que había reunido, Lucas se retiró sigilosamente de la mansión y se dirigió a la estación de policía. Con una determinación firme, presentó sus hallazgos al inspector Rodríguez, un veterano con un ojo agudo para los detalles. Lucas explicó minuciosamente cada pista y cómo se entrelazaba con el misterio de la mansión de Valeria. Impresionado por la solidez de la evidencia, Rodríguez decidió actuar de inmediato y organizó un operativo de gran envergadura.

La policía desplegó un equipo especializado para ejecutar el allanamiento. Al amanecer, un contingente de agentes llegó a la mansión de Valeria con órdenes judiciales en mano. La operación fue meticulosa y rápida. A medida que los agentes recorrían los suntuosos salones y los oscuros pasadizos de la mansión, descubrieron una gran cantidad de objetos robados, desde antigüedades valiosas hasta obras de arte invaluables. También encontraron documentos comprometedores que conectaban a Valeria con una red internacional de tráfico de artefactos, revelando una red de contrabando que se extendía por varios continentes.

Valeria fue arrestada sin resistencia y llevada bajo custodia policial, enfrentando cargos graves de tráfico internacional y posesión ilícita de bienes culturales. Mientras tanto, Almeda volvió a su rutina cotidiana, aunque el enigma de la mansión y la melodía de la canción que Valeria solía cantar quedaron grabados en la memoria colectiva de sus residentes. La mansión, antes envuelta en misterio y secretos oscuros, comenzó a ser vista bajo una nueva luz, como un símbolo de la justicia restaurada.

Mientras el sol se alzaba sobre el horizonte, Lucas sabía que había hecho su parte para preservar la paz en su pequeño pueblo. Y aunque el secreto de Almeda había sido revelado, la historia de la mansión y su enigmática ocupante seguirían siendo un recordatorio de que incluso en los lugares más tranquilos, los secretos más oscuros pueden estar al acecho.

Este libro se publicó
en el mes de enero
del año 2025